만나라,
사랑할 시간이 없다

만나라, 사랑할 시간이 없다

신현림 산문집

예담

2··· 순수하고 우직하게 사랑할래

3... 불타는 세상에 지루한 구두를 던져라

4... 누구에게나 인생은 힘들다

5··· 인생을
축제로
만들어라

사랑은 식탁이나 소파 같은 지극히 일상적이고 소소한 자리에서 시작된다.
사랑은 거창한 곳에서 피어나는 게 아니다. 지금 이 순간의 섬세한 배려다.
우리는 깊이 사랑하고 사랑받는 존재로 살아가야 한다.
사랑받는 사람으로 살기 위해 상대가 뭘 원하는지 세심해져야 한다.
언제 가만히 있고 행할지 살피고, 화날 일도 지그시 참고, 미소 짓는 여유가 필요하다.
그래서 사랑받는 법을 꾸준히 연습하고 훈련하는 수밖에 없다.

여행으로 집착했던 것들에 거리를 두고 볼 여유가 생긴다.
그 여유 속에서 보지 못한 것을 보고, 듣지 못한 것을 듣는 신비한 체험을 누린다.
살아 숨 쉬는 만물의 소리에 귀를 기울이며 살리라.
살결을 느끼고, 옷의 질감을 느끼고, 꽃잎과 잎사귀의 흔들림을 보고, 바람을 느끼리라.
밥알을 씹는 느낌과 흙의 감촉, 비누향기까지 모든 감각을 살려
인생의 아름다움을 다시 느껴보리라.

바다가 배를 만나 너울거리듯
사내와 여인이 만나 아이를 낳고,
폐허를 다시 세워 사람을 부르고,
마음이 마음에게 전하는,
영혼이 영혼에게 전하는,
따뜻한 배려의 말로 힘겨운 나날을 견디는 인생.
함께 있는 장소를 가장 아름다운 장소로 만들고,
함께 있어 가장 평온한 들판이 되어주어라.
이 세상에 당연한 건 하나도 없고,
같은 순간은 다시 돌아오지 않는단다.
다시 못 만날 때를 생각하며 사랑해라.
영영 다시 못 만날 때가 오니 깊이 사랑해라.
누구든 언제 사라질지 모르니 사랑을 누려라.
일만 하지 말고, 열애의 심장을 가져라.
누구나 마음 속엔 심리 치료사가 있단다.
심리 치료사가 바로 사랑이다.
많은 것을 낮게 하고 견디게 한다…

누굴 깊이 사랑해도 절대 고독감은 어쩔 수 없다.
그 고요한 시간에 영혼에 숨은 신성한 기운을 헤아려라.
외로울 때 책을 읽어라.
자신의 영혼을 살피고 아름다움을 보고 느끼는 능력을 키워보라.
사람은 함께 있을 때 자극받고 혼자 있을 때 성장한다.
어떤 사이에서도 느끼고 마는 외로움.
자기 성장에 애쓰면서 그래도 늘 미소가 오가고,
서로가 마주선 길 위에 따뜻한 인사가 꽃처럼 펄펄 내리기를 나는 바란다.

일이 잘 안 풀리면 그냥 흘러가게 내버려두라.
시련과 상실은 영혼의 성숙을 위해 필요한 것.
느긋하게 기다리면 좋은 때가 온다.
편안하게 느끼면 편안함을 부른다.
편안하고 안정감을 느끼면 주변에 사람들이 쉬러 온다.
벗나무 곁으로 사람들이 쉬러 오듯이.

우리는 서로 노력하고, 의지함으로써 더욱 가까워진다.
서로에게 기댐으로써 세월이 흘러도 쉽게 깨지지 않는 튼튼한 애정을 키울 수 있다.
사랑은 기꺼이 주는 마음이다.
두려움 없이 상대의 약점까지 모두 품는 것이다.
인생은 길지 않다.
다투거나 쉽게 헤어지기에 사랑할 시간이 많지 않다.
누군가의 꽃이 될 시간이.

세상에는 쓸모없는 게 없을지도 모른다.
고통을 약으로 만들기,
시련으로 자신을 강하고 지혜롭게 만들기,
인생을 더욱 열렬히 사랑하는 법 배우기,
감각을 연마하고 지식을 쌓고,
문화 예술적 안목 키우기,
시대의 흐름과 미래의 흐름을 읽기,
동시대 가장 첨예한 감성과 시간과 공간을 느끼기,
고정관념을 벗어난 창의적 생각 키우기,
자신의 꿈과 사랑에 올인해 가기,
그리하여 가난한 자와 함께 가난하게 되며,
약한 자와 함께 약한 자가 되며,
거절당한 자들과 함께 거절당한 자가 되는 마음을
그 춥고 가난한 집에서 배웠다.

인생은 복잡하나, 진실은 아주 단순하다.
제일 먼저 소중한 사람과 시간을 함께 보내고,
그가 힘들어하면 곁에 있어주고,
일부러 밥을 먹고 차를 마시는 시간을 내야 한다.
제일 먼저 생각해야 할 소중한 사람보다
다른 일에 시간을 쓰면 반드시 문제가 터진다.
사랑하는 사람보다 인생에서 더 중요한 게 어디 있을까.
끊임없는 사랑과 관심은 인생을 바꿔주는 최고의 힘이다.

도서관 숲으로 가는 길에 파란 달개비꽃을 보았다. 어릴 때 본 후 처음이라 신기했다. 요즘엔 흰 구름, 하늘하늘한 바람이 세상에 나서 처음 본듯이 새롭다. 새로운 마음가짐이 눈부신 울림을 만드는 걸까. 그래, 마음먹기에 따라 삶의 모습이 달라진다. 새로운 시선이, 사느라 지친 마음에 아스라한 꿈까지 주다니. 참 반갑다.

가끔 내가 누리는 위안이 있다면 숲 벤치에 누워 하늘 보기다. 흘러가는 구름 보기. 개미들의 경주 지켜보기, 포옹하는 청춘들 노려보기, 들키면 잠자는 척하기. 눈의 피로가 가시면 다시 원고 보기다. 그러면서 살아온 세월 더듬어 보기……. 그리고 나는 꿈꾼다. 나의 글과 사진이 누군가에게 하늘을 볼 때와 같은 위안을 주면 참 좋겠다고.

아무리 생각해도 세월이 흘러도 고이고이 간직하는 건 순수하고 아름다운 기억뿐이다. 순수하게 주고받은 사랑만이 가슴에 간직되더라. 그래서 이렇게 당부하고 싶다. 인생의 후배들에게, 함께 숨쉬고 이 시대를 살아가는 모든 이에게.

'사랑을 하더라도 순수한 마음으로 하라. 줄 때는 아낌없이 주어라. 착한 말, 착한 미소, 착한 꽃 한 송이라도 준 사람은 잊지 못한다. 그래서 사소한 일상을 함께 많이 나누고 이쁜 추억 많이 쌓아두어라. 그 추억이 서로를 끈끈하게 묶어가리라. 두려워 말고 사랑을 주어라. 일만 하지 말고 사랑을 해라, 우리의 인생은 금세 사라지니. 만나라. 주저없이 가장 아름다운 순간들을 만나 감동과 희열의 꽃을 피워보라. 지루한 인생을 바꿔보라. 비판과 비난보다 먼저 축복하고 격려하는 따뜻한 사람이 되라. 사랑해라. 시간이 없다. 만나라. 사랑할 시간이 없다.'

오랜만에 명동성당을 갔다. 박신언 라파엘 주임신부님의 말씀에 숙연했다. 미사 드리러 갈 때와 아닐 때가 많이 다르다. 한 겹짜리 인생이 두 겹, 몇 겹 두터워진다. 그만큼 삶을 뜻 깊게 만든다. 신부님의 말씀을 가슴에 고이 담아두었다.

"죽음을 준비하는 지혜로운 사람이 되라. 우리는 모두 사형선고를 받았다. 어느 때인지 모를 뿐이다. 대체로 노후대책은 하면서 사후대책은 없다. 눈이 있어도 보지 못하고 귀가 있어도 듣지 못하는 사람들, 울면서 태어나 울리면서 떠나지 마라."

지푸라기 같은 사람의 인생을 겸손하게 이끄는 말씀을 되새기며 이 시대와 나 자신을 성찰해보았다.

작년에 나는 참 많은 걸 잃었다. 그때 다시 살 기운도 없이 움츠러들었다. 뭔가를 해야만 했다. 읽어야만 했다. 내가 힘들 때 나를 위로해주고 용기를 주는 책은 꼭 소설과 시가 아니었다. 예술서가 아니었다. 영성책이었다.

더 젊은 날 13년간 시달린 불면증을 떨쳐내는 동안에도, 영세를 받고도 오랜 냉담의 세월 속에서, 죽을 듯이 괴롭고 슬퍼 헤맬 때마다 영성책을 읽고 마음을 다스렸다. 나는 스캇펙 박사, 폴 투르니에, 헨리 나우웬의 글들을 사랑했다. 특히 헨리 나우웬의 글로 시대와 인생, 나 자신을 살폈었다. 인생은 참으로 역설적이게도 상처와 상실, 슬픔을 먹고 성장한다. 그 상처, 상실과 슬픔을 통해야만이 자신의 영혼을 깊게 만나게 되더라.

사람들은 서로 만나지는 않고 컴퓨터와 핸드폰 같은 기계 뒤에 숨어 뭐하는 걸까? 그나마 트위터나 블로그, 인터넷 카페가 있어 다행일까. 우리는 점점 더 무언족無言族이 되어, 혼자 기계와 보내는 시간만 늘어나고 있다. 우리는 왜 만나지 않나. 사랑할 시간도 없는데…… 살가운 인간의 정이 사라지는 이 시대. 큰 사랑을 꿈꾸며 나는 이 책을 엮었다.

부족한 인간의 한계를 벗어난 큰 사랑의 품이 얼마나 아름다운지 깨닫는다. 그 품안에서 원고들을 퇴고하면서 더욱 풍요롭고 큰 안목을 되찾을 수 있었다. 내 작업이 재생과 치유, 작으나마 인간성 회복의 기운으로서 이 세상에 물안개처럼 젖어들면 좋겠다. .

작업은 치열한 선수정신으로 하면서 생활 속에선 조용히 이쁜 사람으로 살고 싶다. 이쁜 사람은 내면으로부터 강한 빛이 넘치는 바다와 같은 이다. 언젠가 스텝패밀리를 이루어 생활 속에선 이쁜 아내, 이쁜 엄마, 이쁜 며느리로 조용히 평범하게 사는 게 최고의 꿈이다. 이 에세이서 나는 그런 이쁜 사람이 되겠다는 갈망과 약속을 담았다.

　많이 알기에 이 책을 쓴 것이 아니다. 살면 살수록 모르는 게 많고 부족함을 깨달을 뿐이다. 부정적인 마음에 휩싸여 우울해지면 나부터 바꾸려고 죽을 각오로 노력했다. 나는 이 책을 쓰면서 깊어지고 성큼 자란 나 자신을 느낀다. 참 감사한다. 제대로 잘 살고 사랑하는 법을 탐구하고 성찰하며 쓴 이 책. 인생을 축제로 만들 이 시대에 꼭 필요한 41가지 사랑법을 열과 성의를 다해 세상에 내밀어 본다. 사진과 인용된 시는 나의 시집과 산문집에서 택한 것이다.

　《이코노미스트》에 제 연재글을 초대하신 허의도 팀장님, 예담 출판사 편집부와 신영 씨, 나경과 영희 씨, 늘 격려를 아끼지 않는 최선영과 4년째 차 한 잔 시켜놓고 일하는 선재아트센터의 카페 분들께도 감사한다. 또한 〈신.사.모〉 회원님들께도 고개 숙여 감사드린다. 부곡 초등학교 동창들과 〈충무로 포럼〉 회원님들과 친한 지인들과 후배들에게 애정 가득한 미소를 띄운다. 사랑하는 아버지와 가족, 외국서 선교활동을 하는 여동생 신현주 목사 부부, 딸 서윤이에게 함박꽃 같은 사랑과 그리움을 띄운다. 살아서 평생 가족을 위해 헌신하시고, '사랑을 누려라'는 유언을 남기신 어머게, 그리고 주님 말씀 위에 보리빵처럼 따끈따끈하게 익은 책을 잠잠히 놓아둔다. 또한 세상의 모든 외롭고 서툰 이들 곁에도 잠잠히……

어느새 밤바람 속에서 흰 눈 같은 꽃잎이 우수수 떨어지며 날아
간다.

2010. 착한 가을이 오는 바람 속에서

신현림

1··· 서툴지만
미치도록
사랑해

사 . 랑 . 하 . 는 . 법 . 연 . 습 . 하 . 기 .

정드는
식탁

당신이 내 곁에 계시니 안정감을 줍니다
함께하는 한 잃어버릴 시간은 없습니다
살아 있는 기쁨, 처음의 깨우침,
−〈애무 한 벌〉中에서

여자 둘에 남자 한 명. 우리가 앉은 자리를 배경으로 해가 지고 있었다. 석양이 곧 사라지겠지, 하며 나는 멍하니 해를 바라보았다. 황홀한 노을이 카페 유리창을 가득 물들였다. 테이블에는 따뜻하게 구운 시나몬 베이글과 커피가 놓여 있었다. 친구가 커피 한 모금을 마시며 먼저 운을 떼었다.

"눈을 떴을 때 사랑하는 사람이 곁에 있으면 하고 바란 적이 얼마나 많았는지 몰라. 인연은 더러 있었지만 같이 밥을 먹고 텔레비전을 보다가 그의 품에서 잠들고…… 이런 일상생활을 평생 딱 한 번 제대로 누려 보았어. 그나마 곁에 있는 모습에 더없는 평화를 누린 추억이 하나라도 있음에 감사해. 헤어질 거라고 생각지도 못했어. 이젠 싸늘한 바람소리만 들려. 방 구석구석에서 사랑의 향기는 사라지고 어둠 속에 덩그러니 남은 나 자신을 발견하고 오열하곤 해."

그녀의 이야기는 곧 내 이야기인 것만 같아서 가슴이 아렸다. 누구나 공감할 이야기겠지.

친구는 곁에 앉은, 자그마하니 샤프하게 생긴 남자에게 물었다.

"선생님도 그런 적 있으세요?"

그는 발그레하게 뺨을 물들이며 미소를 지었다.

"저는 매일 오열하는데요."

친구와 나는 쿡쿡 웃었다. 그의 모습이 날마다 오열할 만큼 고독해 보이지 않기 때문이다. 나는 찻잔을 들며 말했다.

"우리는 절망적으로 나약해져 있어요. 친구나 가족한테조차 속내를 털어놓지 못하는 사람들이 의외로 많아요."

"나이가 들면 소심해지죠."

"꼭 나이 탓도 아니에요. 이 시대엔 소심함과 나약함이 누구에게나 병균처럼 깃들어 있어요."

사내의 말에 나는 이렇게 대꾸하면서 생각에 빠져들기 시작했다. 그래, 우리는 온통 긴장한 채로 어디서 올지 모르는 고통과 상처들을 가로막거나 도망치려만 든다. 그러면서도 마음을 충족시킬 우정과 사랑, 일과 여행 같은 행복하고 흥미진진한 시간이 오기를 기대한다. 그 기대나 욕망이 강렬할수록 현실에 만족하지 못하고 불안에 떤다. 그래서 모두 부산스럽게 바쁘기만 하다. 어디로 흘러갈지도 모른 채 강박관념에 사로잡혔다. 혼란의 상태에서 외로움은 점점 깊어만 간다.

뉴스와 인터넷을 통해 고통과 상처, 죽음과 괴로움이 생중계되는 세상. 자신을 표현하기도 어렵고 이해받기도 쉽지 않다. 정말 허심탄회하게 마음을 주고받을 방법은 없을까? 그때 친구가 베이글에 잼을 바르며 말했다.

"돈이 있으나 없으나 다 외로울 걸. 다들 컴퓨터나 핸드폰, 텔레비전만 들여다보면서 뭐 하는지 모르겠어."

"지하철에서 DMB를 들여다보는 사람이 점점 많아지긴 해. 우리는 기계에 의존한 채로 막연히 인생이 바뀔 기다리는 허깨비들 같아. 아니, 체념하며 그냥저냥 사는지도 몰라."

내 말이 끝나자 저녁 바람이 주변을 크게 훑고 지나갔다. 어느새 짙은 어둠이 내리고 있었다.

"진짜 친해지려면 서로에게 무장해제를 해야 돼."

"그래, 베이글이 식기 전에 잼 발라 먹으며 친해져야 돼."

후배의 말 위에 남자의 말이 딸기잼처럼 발라졌다. 나도 맞장구 쳤다.

"맞아, 허심탄회하게 조갯살같이 여린 속까지 보이고 솔직해져야 친해지지. 그게 사랑의 기본일 거야."

"침대를 타고 달리는 수밖에 없어."

내 시집 제목을 빗댄 친구의 농담에 다들 후후 웃고 말았다. 가게마다 등을 켜서 환한 불빛이 쏟아져 흐르기 시작했다. 그 이쁜 풍경을 보며 나는 생각했다.

서로에게 아주 솔직해질 최적의 장소는 어디일까?

그건 바로 침대고, 식탁이고, 소파다. 그 장소에서는 서로에게 투명하고 성실해질 수 있다. 밥을 먹고, 대화를 하고, 사랑을 나누는 공간, 진정 깊이 정들 수 있는 공간이다. 우리는 그 공간을 잘 활용해야 한다. 점점 늘어나는 솔로들의 침대는 외롭다. 대화가 없는 부부도 외롭기는 마찬가지. 식탁이나 공원의 벤치 같은 일상의 공간을 더욱 편안하고 예쁘게 가꿔보면 어떨까. 가령 오늘 시나몬 향기가 퍼지는 저녁의 테이블처럼.

사랑은 식탁이나 탁자 같은 지극히 일상적이고 소소한 자리에서 시작된다. 사랑은 거창한 곳에서 일어나는 게 아니다. 지금 이 순간의 섬세한 배려다. 우리는 사랑하고 사랑받는 존재로서 살아가야 한다.

그러면 사랑받기 위한 사람으로 살기 위해서는 어떻게 해야 할까. 먼저 상대가 무얼 필요로 하는지 세심해져야 한다. 함께 있어야 할 때와 피해줄 때가 언제인지 살펴야 한다. 언제 가만히 있고, 언제 행할지를 섬세하게 헤아리는 것이 사랑의 중요한 방법이다. 어려운 상황에서도 미소 짓는 사람이 그립다. 화날 일이 있어도 지그시 참을 줄 알아야 사랑도 편안히 스미게 마련인데, 그게 쉽지 않다.

사랑하는 법을 꾸준히 연습하고 훈련할 수밖에 없다. 어디 인격이 하루아침에 이루어지던가. 또한 온전히 자신을 내주고 헌신하려는 각오가 없다면 서로 믿을 수 없고, 사랑을 이룰 수도 없다. 순간마다 진심을 다하는 '올인'의 자세가 절실하다.

서로가 시시한 사람이었다면 훗날 쉽게 잊힌다. 생각해 보라. 한 번뿐인 인생이 아닌가. 그런데 애틋한 사랑, 진한 육수 같은 우정 하나 지니지 못했다면, 우리는 과연 제대로 살았다고 말할 수 있을까.

만나라,
사랑할 시간이 없다

"인간은 사랑과 혁명을 위해 태어난 것이다. 사랑. 그 한마디로
족하다……. 나는 지금 사랑 하나에 의지하지 않고서는 살아갈 힘
이 없는 것이다."

스무 살 때 내 마음 깊이 휘젓던 글귀다. 다자이 오사무의 소설
『사양斜陽』을 읽다가 펜으로 줄 치던 시절이 떠올랐다. 그때는 군사
독재정권 시대였다. 우리의 혁명은 데모와 술과 탐구에서 이루어졌
고, 사랑은 저마다의 가슴속에서 불타올랐다.

다자이 오사무의 소설처럼 나는 그리움 하나에 의지하고 살았는
지도 모른다. 대상이 있거나 없거나 우리는 마냥 누군가를 그리워
한다. 곁에 아무도 없으면 대책 없이 외롭다. 그렇다. 사랑이 뭔지
모르겠지만, 나에게 기대고 내가 기댈 만한 따뜻한 사람이 언제나
그립다. 그래서 세상의 많은 노래들은 거의 다 사랑노래이다. 그만

큼 인생에서 사랑문제가 가장 절실하다. 관계란 끊임없이 깨지고 상처받고 아물고 성숙하는 과정인데, 사랑이 아니면 그 모든 순간들을 견뎌낼 수도, 회복될 수도 없다.

많은 현대인들이 소외감 속에서 살아간다. 우울증 때문에 자살하는 이들도 점점 늘어간다. 관계 속에서 진정성의 결핍을 통렬하게 느낄 때가 많다. 그 원인은 한마디로 '사랑의 결핍'이다. 모두 사랑받기를 원한다. 하지만 주기보다는 받으려는 생각이 많기에 싱글들이 많아지고 숱한 커플들이 불화를 일으키는 것은 아닐까.

마음 깊은 곳에서는 누구나 자신의 전부를 거는 사랑을 꿈꿀 것이다. 아니다. 어쩌면 제대로 사랑한 적이 없어 그런 꿈이 뭔지도 모른다. 그래서 그런 사랑의 꿈조차 못 꾸는지도 모른다. 체념과 낙담속에서 한 줄기 불빛이 없다면 과연 살아 있다고 말할 수 있을까.

문득 어머니께서 하신 말이 떠오른다. 어머니는 오래 앓아온 지병으로 병원에 입원하셨다가 의식불명 1년 반 만에 끝내 일어나지 못하시고 돌아가셨다. 쓰러지시기 전, 어머니께서 내게 들려준 말씀이 유언이 되어 내 마음에 남아 있다.

암담하고 불안했던 젊은 나날, 나는 고시 공부하듯이 탐구하며 시를 썼다. 정말 공휴일도 없이 최소한의 생계비만 벌면서 작업만 했다. 또한 이혼 후에도 혼자 아이를 키우느라 일 중독자로 살 수 밖에 없었다. 그런 나를 지켜보던 어머니가 물으셨다.

"만나는 남자 있니?"

"아니, 그냥 반가운 지인들만 있어."

내 말을 가만히 들으시더니 어머니는 이렇게 말씀하셨다.

"너도 일만 하지 말고 사랑을 누려라."

피로에 젖어 흐린 목소리였지만 어머니의 말씀이 강렬하게 다가왔다. 그 말을 듣고 나 자신에게 묻고 또 물었다.

과연 내가 사랑을 누리며 살았던가? 얼마나 누리며 살았나? 인생은 빼빼로 과자처럼 쉽게 부러진다. 금세 녹아버리고, 시간은 덧 없이 흘러가버린다. 그런데 나는 무얼 하는 걸까?

부끄러움에 아무 말도 할 수가 없었다. 연애는 해봤지만 얼마나 사랑다운 사랑을 했는지 답을 찾지 못했다. 비로소 내 인생이 얼마나 쓸쓸한지, 얼마나 많이 잃고 살았는지 깨닫게 되었다. 그동안 나는 아이를 키우니 그럴 수밖에 없었다고 스스로를 위로하며 살았다.

그날 이후, 어머니의 말씀은 내 마음의 표지판이 되었다. 돌아가신 지 만 2년이 되었어도 그 말은 언제나 가슴을 흔들고, 나를 채찍질한다.

수많은 인생의 좌절 속에서 우리는 사랑으로 고난을 극복하고, 조금씩 강해진 자신과 만난다. 그럼에도 불구하고 진정한 사랑은 흔치가 않다. 저마다 아름다운 사랑을 그리워만 하고 살아갈 뿐이다. 인생을 송두리째 다 걸 만한 진짜 사랑을 하기가 이다지도 힘겹다니. 아는 남자 후배에게 물었다. 너의 가장 큰 고민은 뭐냐고. 그는 말했다.

"어떻게 하면 내가 원하는 사람과 함께 사랑을 누리며 살까, 이거죠."

그의 고민은 나의 고민이며, 사랑에 굶주린 세상 모든 이의 고민이기도 하다. 세상에는 짝이 있는 사람과 그렇지 못한 사람으로 나뉘는데, 커플들은 옆에 상대가 있음에도 사랑을 누리지 못해 미칠 것 같다고 말한다. 싱글들은 연인을 만나 사랑을 누리고 싶다고 토로한다. 연인이 있어도 없어도 사랑을 누리지 못해 힘겨워 하다니 참으로 이상하다. 우리는 사랑을 누려야 제대로 사는 존재인데, 왜 이리 서투를까. 왜 능숙하게 사랑을 못할까.

이 질문이 떠오를 때마다 나는 어머니를 생각한다. 어머니의 인생을 뒤돌아본다. 나에게 있어 가장 소중한 깨우침을 주신 분이며, 내 인생의 교과서이고 경전인 어머니. 어머니가 살아오신 사랑의 인생을.

어머니는 가족의 생계를 책임진 가장이셨다. 아버지가 군부독재에 맞서 투쟁하고, 훗날 야당정치가에서 국회의원이 되실 때까지 모든 뒷바라지를 다 하셨다. 우리 사남매를 대학까지 모두 공부시키셨으며 30년 동안 단 한 번도 휴일 없이 가게를 운영하셨다. 참으로 부지런했고, 교육열이 대단하셨다. 어머니가 있었기에 지금의 내가 있다고 말하고 싶다.

무엇보다 어머니는 아버지에게 모든 것을 다 거셨다. 인내심, 지조, 순정한 가슴……. 나도 어머니의 삶과 정신을 가슴 깊이 새기며 산다. 특히 '사랑을 누려라' 는 유언과도 같은 그 말씀으로 지치고 피로할 때마다 나를 일으켜 세운다. 마음과 정성을 다해 사랑하리라고 다짐한다. 돌아가신 후에 나는 어머니를 생각하며 한 편의 시 〈엄마의 유언, 사랑을 누려라〉를 썼다. 하늘나라에 가시기 전, 병상에 누워 계시던 그 시간 속에서도 타올랐을 엄마의 영혼, 열망까지 모두 시에 담았다.

"딸아, 너도 사랑을 누려라."

엄마가 쓰러지기 전에 하신 이 말씀이 유언이 될 줄 몰랐다

누구든 언제 사라질지 모르니 사랑을 누려라

일만 하지 말고, 열애의 심장을 가져라

누구나 마음속엔 심리 치료사가 있단다

심리 치료사가 바로 사랑이다

많은 것을 낫게 하고 견디게 하고

흩날리고 사라지는 삶을 위로하고 치료한다

"딸아, 너도 사랑을 누려라."

사랑 안에서 고양이 같은 민감한 지혜를 배우고

타인을 위해 나 자신 내려놓는 법을 익히고 즐거워하라

웃음 샴페인을 터뜨리고 인생 신비의 동굴을 찾고

눈, 비, 빛과 바람…… 셀 수 없이 많은 축복을 누려라

살아 있는 최고의 희열감에 젖고, 그 느낌을 메모하렴

메모라도 안 하면 그날은 없다 아무것도 없다

인생의 회전목마는

성공과 명성의 기둥을 도는 듯하지만 수천만 원 지폐나

명품이 아니라 만지고 보여진 즐거움만이 아니라

사람은 사랑으로 강해지고 사랑의 능력 속에서 커 간다

혼자 살 수 없는 우리는 사랑으로 특별한 사람이 된다

바다가 배를 만나 너울거리듯

사내와 여인이 만나 아이를 낳고

폐허를 다시 세워 사람을 부르고

마음이 마음에게 전하는

영혼이 영혼에게 전하는

따뜻한 배려의 말로 힘겨운 나날을 견디는 인생

함께 있는 장소를 가장 아름다운 장소로 만들고

함께 있어 가장 평온한 들판이 되어 주어라

이 세상에 당연한 건 하나도 없고

같은 순간은 다시 돌아오지 않는단다

다시 못 만날 때를 생각하며 사랑해라

영영 다시 못 만날 때가 오니 깊이 사랑해라

"딸아, 너도 사랑을 누려라."

자 . 기 . 답 . 게 . 살 . 기 .

나중이란
없어

먹고 사는 일의 고단함, 그리고 그것의 위대함은 가난하거나 그것
으로 상처를 받았거나 스스로 생계를 꾸려본 자는 다 알 것이다. 가
방만 들고 왔다갔다 하는 학생이나, 고시다 취직이다 하여 도서관
에 빼곡히 들어차 공부하는 학생들. 산다는 것의 고단함과 저마다
의 힘든 노동 앞에 꽃을 바치고 싶은 심정이다.

서울에 집을 사고 싶은데 항상 돈이 모자란다. 아무리 열심히 일
해도 뛰는 집값을 당해낼 수가 없다. 여행을 떠나고 싶지만 언제나
'나중에' 라고 미뤄두기 일쑤였다. 인생의 여유마저 돈이 마련해주
는 서글픈 현실에 얽매이고 말았다. 그러다 어느 날, 나중이란 없
다,고 외치면서 도박하는 심정으로 일을 내기로 했다. 그래, 나는
집에 대한 꿈을 접고 딸과 여행 다니며 내적인 삶을 키워가리라.

나는 훌륭한 엄마는 못 된다. 여건이 두루 안 좋아 딸을 많이 보살

피고, 많은 사랑을 쏟을 상황도 못 된다. 그렇다고 다른 사람들과 비교하며 살지도 않고 그러고 싶지도 않다. 생존 문제에는 얽매일 수밖에 없으나, 세상사에는 너무 매여 살고 싶지 않다. 그래도 내 여건에서 최선을 다하며 살았다.

언젠가 사진작업 촬영을 하고 소풍도 할 겸 5월의 숲으로 떠날 때였다. 터미널로 향하는 내게 누군가 물었다.

"아직 방학도 아닌데, 학교 수업 빼먹고 가나요?"

"예, 제가 불량 엄마거든요."

씽끗 웃으며 대답하자 상대는 말을 잃는다. 누군가의 질문에 곧잘 유머나 농담으로 엉뚱하게 화답하며 미소 짓는 나, 나는 뇌까렸다. '그래요, 학교생활에는 충실해야죠. 하지만 여행의 기회가 오면 반드시 여행을 갈 겁니다. 여행만큼 생생한 삶과 강렬한 자극도 없으니까요.'

누구나 자기답게 살면 된다고 생각한다. 내 딸도 자기답게 살아주면 고마운 거다.

여행을 하면 자연과 친해지게 된다. 내면이 성장하고 탐구하는 인간상이 되어간다. 부모는 여행으로, 다양한 경험으로, 자식이라는 인생의 친구를 성장하게 해야 한다. 시인 타고르의 아버지처럼 돈까지 맡겨 타고르 스스로 씀씀이를 체험케 했듯이. 세상 보는 안목과 자연에 대한 호기심, 그리고 탐구심이 자라도록 자극을 줘야 한다.

호기심에 가득찬 아이랑 같이 있다 보니 나의 상상력도 고무줄처럼 늘어난다. 새로 알게 된 단어 하나에도 즐거워 소리를 지르는 아이. 그 애를 볼 때마다 내 인생의 책을 다시 쓰는 기분이 들 만큼 신비롭고 기뻤다. 자식 키우기는 참으로 힘겹지만, 그런 신비와 희열감을 부모에게 선사한다.

많은 사랑을 쏟지 못하는 상황에서 나도 딸에게 줄 수 있는 게 있더라. 내가 자신 있게 돌봐줄 수 있는 것들……. 책 읽기, 일기 쓰기, 여행, 활달하면서 사회성이 좋은 아이로 자라게 하기가 그것이다. 그리고 나는 딸에게 무엇보다 인간관계의 소중함을 일깨워주려 애써왔다.

또한 아이에게 한국인이라는 정체성을 느끼게 하기 위해 애썼다. 딸이 어릴 때부터 우리 물건을 가까이 하는 게 중요할 것 같아 안동 하회마을에서 사온 피리를 놀이기구로 건네준 적이 있다. 거창하고 특별한 인형 선물보다 그런 것을 먼저 주곤 하였다.

언젠가 인사동에서 산 탈 두 개도 양손에 쥐어주었다. 아이는 탈의 웃는 모습을 보고 따라 웃었다. 다음은 영화 〈애니〉의 삽입곡 중의 한 구절인데 그럴듯하게 들린다. '미소가 없이는 그대의 옷차림이 완전하다고 할 수 없어요.' 탈의 미소가 모든 감각을 즐겁게 해주고, 아이의 미소 속에 생명력이 부드럽고 뽀송뽀송하게 숨 쉬고 있었다.

미소 속에서 자란 아이는 어떨까? 또한 탈 뒤에서 바라보는 세상은 어떨까? 탈을 쓰면 세상살이에 희망을 엿볼 기분 좋은 자극을 받으리라. 탈을 쓰고 한 번 더 웃으면 마음이 편안해질 것이다. 두 번 더 웃으면 온 세상이 마냥 사랑스럽겠지.

지금 내 딸은 남동생 부부가 선교활동을 하는 필리핀 국제학교에 연수를 받으러 떠나가 있다. 지난봄 애가 보고 싶어 필리핀 가는 길에 나는 티셔츠 한 장을 들고 이웃들을 만났다. 그리고 딸에게 전하는 인사를 이 하얀 티셔츠에 써달라고 부탁했다. 딸에게 함께 사는 정과 추억을 선사하고 싶었기 때문이다. 선물을 받고 딸은 무척 기뻐했다. 이 작은 추억은 보잘 것 없어도 시간이 흐르면 사랑받았다는 기쁨과 자긍심을 갖게 할 것이다. 또한 관계 속에서 정情의 소중함을 키워갈 것이다.

매일 나는 배우려는 마음으로 살고 있다. 탐구정신이 있는 한 늙지 않는다. 탐구라는 적극적이고 긍정적인 자세는 생명을 연장시켜 준다. 그런 긍정적인 한국인의 정체성을 심어주기 위해, 딸과 박물관 기행도 하고 국토순례도 함께하리라. 함께 여행한 곳의 풍광과 역사와 아름다움은 딸을 가꾸며 성장시키리라 나는 믿는다.

자.전.거. 타.고. 달.리.기.

생활이
바뀌면 인생이
달라진다

하늘이 잔뜩 찌푸린 채 무거웠다. 이불 빨래를 거두지 않고 나왔
는데, 어쩌나 걱정하였다. 그러다 비가 올 테면 와라, 다시 빨면 되
지, 하고 체념하며 자전거를 끌고 도서관을 나왔다. 문득 작년에 자
전거를 끌면서 내려갈 때의 일이 기억났다. 초등학생인 딸 입에서
그냥 흘러나온 말에 가슴이 철렁했던 기억이⋯⋯.

"왜 나만 외로운 걸까?"

친구랑 사이좋게 지내다가 혼자일 때의 심정을 말한 것이다. 나는
자전거를 멈춰 세운 후 아이의 어깨를 끌어안으며 다독였다.

"너만 외로운 게 아니란다. 저 소나무도 외롭고, 떼돈을 움켜쥔
이들도 외로울 거다. 누구나 외롭단다. 사랑이 넘치는 이들은 덜 외
롭겠지. 엄마도 외롭단다. 네가 있어도 어떤 때 감옥에 갇힌 듯이
슬프고 외롭지. 카페에 죽치고 앉아 일만 하는 엄마를 봐라. 눈이

캄캄해지도록 일을 해야 밥도 생기고 물도 사 마신다. 다들 외로움을 끌어안고서 살지."

"……."

"사람들이 모여 있는 곳이면 어디든 자신과 닮은 외로움들을 보고 반가워서 떠날 줄을 모르는 모습 같아. 이 면학 분위기의 카페가 아주 맘에 든다. 모처럼만에 일도 잘 되고. 그렇지?"

"알았어. 엄마, 그럼 난 '스스로 어린이'가 될 테니까, 엄마는 '스스로 엄마'가 돼."

딸의 말은 꽤 근사했다. 아이의 마음속 깊은 곳에 저런 빛나는 구석이 있구나 싶어 놀랐다. 다시 자전거에 올라탔다. 딸은 자신이 읽은 책들에 대해 이야기를 한다. 우리는 늘 이렇게 자전거를 타고 다닌다. 그때마다 딸은 자신이 발견한 새로운 사실들을 풀어놓는다. 마치 저금한 저금통을 뜯어 동전을 꺼내듯이.

딸과 떨어져 지내는 나는 딸이 그리워 먹먹한 가슴을 쓸어내린다. 다시금 자전거의 스피드를 낸다. 나는 온 하루의 스트레스를 자전거 스피드를 내며 날린다. 다리를 계속 움직이다 보면 몸이 조금씩 가벼워진다. 리듬감과 균형감각이 생기고 바람을 가르며 나는 듯한 기분이다. 날씨, 온도, 냄새로부터 자유롭다. 현실에 있으면서 현실이 아닌 야릇한 신비감을 맛본다. 자전거 도로가 생긴 후 자전거 타기는 더없이 신나고 빠르다. 인생도 단순해지는 느낌이다.

자전거를 탈 때 내 몸은 좀 더 날렵하다. 중학교 때 100미터 달리기를 했을 때 14.4초로 전교에서 제일 잘 뛴 경험이 있다. 학창시절 늘 계주 대표선수로 뛰었다. 체육 선생님한테 단거리 선수로 뛰어볼 의향이 있냐는 제의를 받은 적도 있다. 남다르게 운동신경이 빠른 느낌이 좋았고 또한 그런 신비스런 느낌을 즐기기도 했다.

그런데 9년 전 마티즈를 탄 운전자가 자전거 타던 나를 보지 못해 교통사고가 났다. 나는 인대 파열로 6주 진단을 받고 고생을 했다. 다행히 서행하던 차였기에 그 정도였지 만약의 경우를 생각하면 아찔하다. 그 사고 이후에 인간은 자랑할 게 없구나, 어떤 자부심이나 자신감도 쇳덩이가 밀면 간단히 쓰러지는 지푸라기 같은 존재구나, 그런 깨달음에 흠뻑 기가 죽었다. 그리고 한동안 자전거 타기 공포증이 생겨 못 타기도 했다.

하지만 이제 자전거는 내 몸의 일부가 되었다. 자전거 없는 도시 생활은 꿈도 못 꾼다. 자전거를 타고 달리면 추억은 더 감미롭고 의식은 자유롭다. 자전거로 생활도 많이 바뀌었다. 시간을 절약시켜주고, 주차 걱정 따위는 안 해도 된다. 공해를 안 일으키는 환경제품이라는 점, 지구를 살린다는 점에서 죄의식을 느낄 필요도 없다. 최근의 이상기온도 다 자동차 공해가 주범이란 사실을 알 텐데, 사람들은 왜 자전거를 입양할 생각을 하지 않을까.

"쟤는 자전거로 곡예를 해요."

친구가 나를 누군가에게 소개할 때 이렇게 과장법을 쓴다. 내가 한 손으로만 자전거 손잡이를 잡고 달리기 때문이다. 허리를 굽히고 타는 것보다 핸들을 한 손으로만 잡고 달리면 어깨가 훨씬 편하다. 난 이렇게 말했다.

"세상이 저를 미치게 해서요. 광화문을 지나 경복궁 쪽으로 달리면 더 미치죠. 광장에 나무가 없어서. 나무를 서울 곳곳에 더 심었으면 해요."

아무리 동상이지만 세종대왕 곁에는 나무 한 그루조차 없지 않은가.

나는 양손과 한 손을 번갈아가며 잡고 달린다. 새로 생긴 자전거 도로로 달리면서 목적지에 훨씬 빨리 도착한다. 뒤에는 공부할 트렁크, 앞의 바구니엔 핸드백, 옆 손잡이엔 내 딸 가방까지… 이건 거의 짐꾼의 형상이다. 자전거로 인해 감각은 자연을 더 많이, 더 예민하게 빨아들인다. 공기, 햇빛, 바람과 함께 삶이 아주 리드미컬해진다. 자전거를 탈 때 바람과 닿는 감촉이 남다르다. 치마를 입을 때가 많아 치맛자락이 바람에 흩날릴 때 감촉은 더욱 즐겁다. 천연의 향기가 폴폴 날린다. 내 시 〈붉은 가방이 날아간다〉처럼.

석류처럼 빨간 해를 보며 자전거를 타고 달리는 저녁
푸른 실같이 날리는 바람 속에서
내 좋아하는 서태지의 〈하여가〉가 떠올랐다
힘겨운 시간들이 널널하게 돌아가고
헤어진 친구들도 정화수같이 맑게 보였다.

핸들을 잡고 내리막길을 달릴 땐 마치 새롭게 삶이 시작되는 듯하다. 다만 바퀴에 누가 바람 좀 넣어주면 좋겠다. 바람을 넣을 때마다 힘이 모자란다. 공해도 일으키지 않는 자연주의와의 기분 좋은 스킨십. 심플한 인생을 위한 지상 최고의 물건. 자전거로 생활해 보라. 생활을 바꾸면 인생이 달라진다.

누.구.한.테.든. 배.우.기.

끝에서
끝까지 가볼래

미치도록 열심히 살고 싶은 자들이여,
언제나 끝에서 끝까지 가 보라.
온몸을 던져 일하고 탐구해 보라.
빛나는 자신과 만날 것이다
-「너무 매혹적인 현대미술」中에서

볼에 와닿는 바람이 따뜻하고 끈끈하다. 나도 모르는 새 여름이 되
었다. 논문 심사가 끝난 후 더운 공기를 뚫고 천천히 걸어 버스에 올
랐다. 차창 밖 풍경을 바라보았다. 나는 천천히 지난 시간을 더듬어
보았다. 목숨을 걸 듯 치열하게 작업을 했던 30대, 결혼과 이혼, 아
이를 지키기 위해 싸워 온 십여 년의 세월. 이렇게 금세 흘러가다
니……. 세월의 빠름은 언제나 놀랍다.

일상에 얽매여 이러지도 저러지도 못한 채 맴도는 생활에 지쳐갈
즈음, 변화를 모색하기 시작했다. 꿈만 꾸던 일과 마무리하지 못한
일들을 하나씩 풀어가기로. 첫 번째는 여행. 두 번째는 쓰고 싶던
글을 마무리 짓는 일. 마지막은 논문을 써서 대학원 졸업하기였다.

지난 3년간 터키와 포르투갈, 캄보디아 등지로 틈틈이 세계여행
을 다녔으니 마음 한구석이 시원하다. 그리고 드디어 논문이 통과

되었다. 대학원마저도 입학한 지 12년 만의 졸업이다. 나의 내력을 아는 이들은 나더러 의지의 한국인이라 말하곤 한다. 나 같은 의지 박약증 환자가 이렇게 '의지의 한국인'으로 살다니, 나 스스로도 대견스럽다. 혼자 아이 키우며 생존하기에도 고단했다. 일단 졸업 전시회는 마쳤지만 학위에 신경 쓸 여력이 없었다. 자격증보다 단지 인생 중간을 정리하고 싶었다.

인생은 어질렀다가 정리하기의 반복이다. 어떤 일이든 정리 정돈이 안 되면 앞으로 나아갈 수 없다. 미래란 지금까지 미루어둔 일들을 해나가는 시간이 아닌가. 찜찜하게 남겨둔 일을 하나씩 해결해야 성장할 수 있다.

내게는 '성공'이 아니라 '성장'이 삶의 목표다. 나이 먹는 것은 그리 두렵지 않다. 성장 없이 나이만 먹는 것이 두려울 뿐이다. 내면의 성장은 성공을 부른다. 내면의 성장을 위해 무엇보다 정리 정돈이 필요하다. 버스에서 내려 집으로 돌아와 책으로 어지러워진 방을 조금씩 정리해 나갔다.

생각해 보니 나는 뭐 하나 그냥 이루는 법이 없었다. 무슨 일이든 절절히 가슴 아프고, 온몸을 푹 삶아야만 간신히 성과물을 얻곤 했다. 문단 등단과 대학원에 입학하기까지, 학벌과 인맥을 중시하는 한국 사회에 상처받은 기억이 난다. 직장 다닐 때 동료가 내게 말했다.

"지방대 나왔잖아요."

"지방대가 어때서요? 저 장학금 타며 열심히 실력 쌓았어요."

지금 같으면 '제가 저지방 우유를 얼마나 열심히 마셔 지방대를 왔는지 아세요?' 하며 넉살을 떨었을 텐데, 그때는 그럴 만한 배짱이 없었다. 두 번 재수를 한 끝에 미술 대학을 포기하고, 일반 대학에 입학했을 때 화실 선생님도 이렇게 말했다.

"그 학교 가려면 진즉에 갔지."

문단에 갓 데뷔했을 무렵 사람들에게 이런 질문도 많이 받았다.

"누구랑 친하세요?"

지금 같으면 눈웃음을 치면서 '하느님과 친한데요'라고 했겠다. 그때 나는 친분이 중요시되는 현실에 저항감과 의문을 품었다. 대학 간판으로 차별과 계급이 나뉜다니. 암암리에 고등인간과 열등인간이라는 등급이 매겨진다니. 하지만 무시 못할 현실에 부딪치며 적잖은 충격을 받았다. 사실 나의 예비고사 성적은 서울 유수의 대학에 입학할 정도의 성적은 되었다. 단지 재수생활 내내 서울로 학원을 오가는 일에 지쳐 집과 제일 가까운 거리의 대학을 선택했다. 나는 그 선택에 후회하지 않는다. 최선을 다했고, 지금의 나를 있게 해준 고마운 대학이다. 그런데 존재의 가치를 따지는 저울이 고작 예비고사 성적표란 우스꽝스런 사실에 코웃음을 치면서도 그만 마음을 많이 다치곤 했다. 선후배도 없는 전쟁터에서 독립군처럼 혼자 우뚝 서려면 오직 실력을 쌓아야 함을 뼈아프게 깨달았다.

내가 일류대 출신이 아니라는 사실을 은총이라 여긴다. 덕분에 개성적인 작업을 했고, 세상의 편견들과 싸울 수 있었다. 주변인의 소외감과 고독감도 이해할 수 있었다. 나는 계급과 허세를 뛰어넘고자 애쓰며 최저 생계비로 공부하고 작업을 했다. 첫 시집을 낸 서른 초반에 나는 전문적으로 사진을 배웠다. 그림 공부에 대한 아쉬움도 풀려갔다. 취미생 취급은 받고 싶지 않아 대학원 진학과 사진작가로서의 창작활동을 꿈꾸며 치열하게 찍고, 탐구했다. 대학원도 뒤늦게 삼수까지 해서 들어갔다. 목표를 변화시키면 삶도 따라 변화된다. 인연은 따로 있던 것이다. 이전에 두 번 떨어진 학교를 접고 나는 상명대학교 대학원에 합격했다.

결과적으로 나는 최고의 성과를 얻었다. 탁 트인 마인드를 지닌 사진가 최병관 지도 교수님은 실력 있는 강사라면 타분야라도 과감히 기용하는 분이셨다. 나는 대학원에서 굶주린 정신의 배를 마음껏 채울 수 있었다. 그때 원하던 것에서 거절당해도 걱정할 필요가 없음을 깨달았다. 전혀 다른 곳에서 세렌디피티^{serendipity}가 주어지니까 말이다.

나는 학위도 일종의 자격증이라고 생각한다. 대학원에서 사진 공부를 했지만, 그것도 왕도는 아니다. 외국의 뛰어난 미술가와 작가 중에는 초등학교도 졸업 안 한 독학자가 많다. 학벌과 인맥이 중요함을 부정할 수는 없다. 그러나 사심 없이 정도를 걷다 보면 자신을 응원해주는 지인들이 생긴다. 나름대로 우직하게 실력을 쌓다 보면 인정을 받고 사람들이 모인다.

'훌륭한 인격'이 곧 명품인간, 일류인간이다. 명품인간은 스스로 깨우치며 단련하며 완성시켜 간다. 결국 내가 어떤 이름을 가진 게 중요한 게 아니라. 무엇을 하든 성숙한 인격자로 성장하고, 좋은 인간관계를 유지하고 나누며 살아가는 게 중요하다.

고난은 자기존재의 무게와 깊이를 더한다. 고난은 영혼의 성숙을 위한 필수과정이다. 시련도 상실도 절대적으로 필요하다. 보이는 것에서 좀 더 깊이 들어가는 법을 알면 된다. 천천히 땅을 파들어가듯 개척해가는 것이다. 깊이 들어가면 갈수록 최고의 충만함에 이른다. 시련으로 얻게 되는 고마움을 먼저 생각하면 인생은 더 넓게 펼쳐진다.

내가 원하는 것을 하나씩 이룬 지금, 예전의 상처는 아물어 찾을 수가 없다. 하루하루 깨닫는 크고 작은 인생의 진면목. 살아가는 날들 속에서 깨달아가는 것들.

나는 어디서나 누구에게든 배워왔고, 앞으로도 겸허하게 더욱 많은 것을 배우고 싶다. 나에게 있어 배움은 죽을 때까지 계속된다.

느리고,
빠르게,
기쁘게,
열정적으로

기꺼이 하는 일엔 행운이 따르죠
잘 될 거야, 잘 되고 말 거야! 외쳐보고
기꺼이 하는 일엔 온 하늘이 열리고
온 바다가 출렁이고 오렌지 태양이 떠올라요!
- 〈기꺼이 하는 일엔 행운이 따르죠〉 中에서

오프라 윈프리는 말했다.

"우리는 매일 짬을 내어 신발을 벗어 던진 채 춤을 출 수 있다."

오프라는 매일 춤을 추나 보다. 나도 자주 춤을 추면서 살아갈 에너지를 얻는다. 생각보다 길지 않은 인생. 춤추다 보면 삶을 다시 사는 에너지를 얻는다.

나는 바늘이 닳아 이상한 소리가 날 때까지 '빽판'을 돌리고 또 돌리던 디스코장의 세대, '토요일 밤의 열기'에 열광했던 디스코 세대다. 존 트라볼타가 등장하면서 불어닥친 디스코의 광풍에 휩싸여 나도 친구들과 디스코장에 가 본 적이 있다. 그런데 휘황한 디스코장보다 더욱 강렬하게 남아 있는 춤의 기억이 하나 있었다. 댄스 뮤직에 맞춰 처음 춤을 배웠던 날의 기억이다.

수원여고 1학년 때, 우리 반에 춤을 잘 추는 아이가 있었다. 그 아이가 'S라인'의 몸매를 흔들며 춤추던 모습이 황홀한 그림으로 떠오른다. 저런 멋진 춤을 누구한테 배웠지, 내심 부러워하며 그녀를 따라 열심히 춤을 추었다. 그때 배경 음악은 둘리스의 〈Wanted〉였다. 파워풀한 노래가 흐르자 친구들은 그 아이를 따라 홀린듯이 줄지어 춤을 익혔다.

가정관은 일시에 디스코장으로 바뀌었다. 우리는 환호성을 지르며 밤새도록 춤을 추었다. 군부독재 시절 집 안팎이 혼란스럽고 특별한 즐거움이 없던 지루한 나날이었다. 〈Wanted〉와 댄스의 밤, 우리 인생에도 신나고 생기 넘치는 일이 있다는 사실에 즐거운 충격을 받았다. 이렇게 매일이 신날 수만 있다면! 마음속으로 탄성을 질렀다. 가정관의 커다란 거울 속에서 우리들의 가슴과 허리, 엉덩이가 맵시 있게 출렁였다. 그 모습은 바다가 출렁이는 모습보다 우리를 더욱 흥분시켰다. 그때의 추억은 와인처럼 붉고 진하고 아름답다.

그때 배운 가락으로 나는 지금도 운동 삼아 춤을 춘다. 이십 대에는 더욱 춤에 관심을 갖게 되어 무용서적을 읽었다. 실업자가 되어 간신히 입에 풀칠하며 골방작업을 했던 삼십 대 초반에는 재즈댄스를 배우러 다니기도 했다.

그 기억이 푸르고 어여쁜 연기처럼 피어오른다. 바디라인을 드러낸 젊은 여성들이 나란히 줄을 서서 람바다를 추었다. 함께 춤추는 내 모습도 예뻐 보여 참 즐거웠다. 우리는 모두 요염했고, 못생긴 여성도 섹시함이 넘쳤으며, 미소 지으며 훌라후프처럼 돌아가는 육체는 빛나고 아름다웠다. 춤추는 순간. 그 누구도 슬퍼 보이거나 우울해 보이지 않았다.

여고 시절에 그 아이에게 배웠던 춤과 서른 즈음 배운 재즈댄스를 떠올리며, 나는 요즘도 자주 5분에서 10분 정도 신나게 춤을 춘다. 내가 또래보다 젊어 보이는 이유는 바로 춤 때문이 아닐까. 춤을 추면 알맞게 익은 과일처럼 몸은 싱그럽다. 마음까지 즐겁다. 삶의 에너지와 열정이 다시금 솟구치고, 생생한 기운이 샘솟는다.

춤을 추면서 나는 내 안에 살아 있는 소녀를 느낀다. 삶의 리듬에 눈을 뜨고, 그 리듬에 몸을 맡기는 자유로움을 만끽하는 소녀. 그런데 먼 옛날, 춤추던 친구들은 다 어디로 갔을까. 아직 그 춤을 잊지 않은 그때 그 소녀들은 몇 명이나 될까……. 나도, 그 시절 나의 친구들도 언제까지나 춤추는 기쁨을, 삶의 리듬을 누렸으면 한다. 자신이 편하게 느끼는 곳 어디서나 춤추기를 바란다.

때로는 느리고, 때로는 빠르게, 또한 기쁘게, 열정적으로! 삶이 무거운 날, 집 안에서 나비처럼 가볍게 춤을 추어 보기를. 요리하면서 라디오를 틀어놓고 음악에 맞춰 온몸을 흔들어 보기를. 어느새 한바탕 신나는 댄스는 일상을 신명나게 만들고, 잊었던 꿈의 리듬을 살려주리라.

어.떤. 관.계.든. 공.들.이.기, 연.애.처.럼.

기꺼이
시간을 내라

그대 가는 길과 길마다 길 닦는 롤러가 되어
저녁이 내리면 그대 가슴의 시를 읊고
그대 죽이는 공포나 절망을 향한
테러리스트가 되리라 신성한 연장이 되어
희망의 폭동을 일으키리라
하느님이 그대의 희망봉일 수 있다면
물고기가 되어 교회로 헤엄쳐 가리라 험한 물결
뛰어 넘으리라 간절히 축복을 빌리라
— 〈그대는 혼자가 아니리라〉 中에서

어제까지만 해도 흙비가 내리고 황사가 불어 대낮에도 어둑했다.
그런데 오늘은 화창하다. 들로 소풍을 나가 춤을 추고 노래도 부르
고 싶을 정도다. 환한 햇살 속에 온화한 바람이 분다. 따사로운 느
낌에 젖어 창을 바라보는데 최선영이 전화를 걸어와 내 안부를 묻
는다. 방송 PD와 출연자로 만나 인연을 맺어 벌써 10년 가까운 인
연이 되었다. 선영이는 혈육보다 더 혈육 같은 후배다. 인간적인 그
녀의 의리와 우정에 나는 늘 감사한다.

"그렇게 혼자 사는 거 힘들지 않아?"

"그렇잖아도 혼자인 게 지루해서 배가 다 아프네."

한 손은 배를 쓰다듬으며 창밖의 목련나무를 바라보았다.

"이쁜 언니가 아프면 어떡하지? 바로 달려갈게요."

"멋진 네가 오면 같이 소풍가자."

이쁜 언니, 멋진 너, 이런 식으로 우리는 서로를 위로한다. 좋은 인연이 되려면 서로 격려하고 칭찬의 달인이 돼야 한다. 후배가 이 좋은 날씨에 혼자 있는 거 반성해야 된다며 염장 지르는 말에도 꾹 참고 웃어야 하고.

다들 바빠 자주 못 만난다. 일 년에 서너 번, 많아야 일곱 번. 이젠 문자도 지루하고, 전화도 안 한다. 긴 통화도 싫다. 짧게 통화한 후 무조건 만난다. 만나 얼굴을 봐야 추억이 쌓인다. 나는 지인들에게 말한다. 어쨌든 함께 있는 시간만큼 행복하자.

친구들과 예쁜 추억을 만들고 싶어 최근에 화분 분갈이를 했다. 사람들한테 공짜 분양하기 위해. 자본주의 세상에 시달리는 마음에 공짜의 기쁨을 주고 싶어서. 천리향, 만리향, 허브…… 동네에서 꽃과 화분을 싸게 구입했다. 흙을 퍼다 담아 화분을 만들었다. 다 만들고 나니 집이 화원이 되었다. 꽃향기로 가득한 방. 화분이 족히 마흔 개는 되었다. 네 명째 공짜 분양을 한다. 후배는 말려 죽일지도 모른다고 걱정한다. 하지만 꽃이 지면 또 피고, 피면 또 지는 것, 하루라도 후배가 고운 향과 함께한다는 그 자체로 기뻤다.

"꽃이 왜 아름다운지 아니? 한결같은 마음으로 피어나기 때문이래."

"언니, 그거 아세요? 저한테 열 개도 넘게 꽃 화분 주신 거요?"

"그래? 그렇게나 많이 줬나?"

"언니 때문에 화분 사는 취미가 생겼어요, 잘 키우진 못하지만.

고마워요."

작은 정성으로 서로가 맺고 있는 뿌리는 더 단단해지는 것 같다. 나는 그녀에게 건네준 천리향 꽃향기를 다시 맡았다. 내가 그 향기를 그리워하면 어쩐지 멀리 있어도 은은히 향기가 퍼져 올 것 만 같다. 꽃의 이름으로 소풍 나온 생명들. 자연에 대한 작은 사랑과 정을 이렇게 전달하는 것도 괜찮다.

우정도 연애만큼 공들여야 한다. 기꺼이 시간을 내어 서로 향기를 맡고 직접 얼굴을 보고 얘기할 것. 마주보고 웃으며 삶의 질을 높이는 대화로 자극을 받고 행복을 누리기. 그래야 삶이 더 풍요롭다. 가치 있다. 함께한 노력이 가장 중요하며 그런 지인과의 만남이 가장 큰 축복이다. 서로 의지하고 기대면 더욱 가까워진다. 쉽게 깨지지 않는 단단한 애정이 자랄 수 있다.

한결같은 애정으로 서로의 생각을 맞추고 좋아하는 것을 일치시키기. 우리가 만날 때 열띤 토론을 하는 주제는 '사랑'이다. 그녀가 쏟아내는 말은 마치 비장한 연애 행동강령 같다. 다 아는 말인데 싱글인 내게는 늘 새롭다. 메모해 정리하니 연애에도 통하지만 우정에도 통한다.

1. 연애(우정의)방법은 스스로 개척해야 한다

2. 많이 들어줘라.

3. 실수를 줄여라.

4. 상처 주지 말고 칭찬부터 하라.

5. 세 번 생각하고 말하라.

6. 얼굴에 참을 인자를 세 개 새겨라.

7. 많이 대화하라.

8. 필요한 말이라도 때로는 그냥 입 다무는 편이 낫다.

9. 귀 기울여 듣고 솔직하게 말하라.

그리고 남은 한 가지는 내가 마무리했다. '변하지 않는 것을 보는 눈을 키워야 한다.' 이는 그만큼 상대의 장점을 보고 오래 이어갈 지혜를 가지는 것이다.

남녀관계든 우정관계이든 친해지려면 기꺼이 시간을 내라. 상대를 최우선으로 생각하는 것. 무얼 줘도 아깝지 않은 마음이 중요하다. 이것을 이론으로 알지만 고단한 삶 속에서 행하기란 쉽지 않다. 사는 것이 지치고 힘들다고 돌보지 않고 소홀히 여겼던 친구는 없었는지. 내가 아프고 힘들 때 불쑥 찾아와 햇볕 한 조각 같이 쐬고, 함께 걷는 것만으로 의지가 되는 관계는 얼마나 있는지. 습관적으로 대하지는 않는지, 나 스스로에게 먼저 물었다. 우정도, 사랑도 때로 엄격해질 필요가 있다. 커플들에게도 묻고 싶다. 사랑하는 이에게 반말만 쓰고 있지는 않은지를.

선영이에게 꽃나무 화분 몇 개와 고운 분홍색 전통주머니에 양말과 예쁜 초콜릿 비누를 담아 건네주었다. 이런 작은 선물 하나하나도 이쁜 추억이 되기를 빌면서.

"언니, 진짜 예쁘다. 늘 받아만 가서 어쩌죠? 난 빈 손으로 왔는데."

"너를 본 게 내겐 오늘의 큰 활력소야. 비누는 네 하루까지 미끈하게 만들어 줄 거야. 꽃나무도 잘 키워봐."

"언닌 진짜 괜찮은 사람한테 엄청 사랑받으실 거예요. 조건 없이 아낌없이 퍼주는 거 아무나 못해요."

그녀의 칭찬에 멋쩍고 쑥스러워 나는 머리를 긁적이며 웃었다. 엄청 사랑받을 날이 언제 되려나, 하고 살짝 한숨이 나왔다. 그녀는 봄 햇살 속에서 천리향 꽃향기를 맡으며 황홀해한다. 그 향기는 아마도 하늘 끝까지 닿을지도 모른다. 우리는 어린 소녀들같이 두 손을 잡고 봄 소풍을 나갔다.

지.구. 살.리.기. 협.조.하.기.

아이들아,
지켜줄게

우리는 탐구하지 않을 때 시간을 잃어버린다
밭 갈고 씨 뿌리는 농부의 손길을 배우지 않을 때
내 안에 깊이 생각하는 얼굴이 없을 때
시간을 잃어버린다
우리가 저 강물 저 나무그늘에게 고마워할 때
세월의 무덤에 환한 창문을 보리라
더 이상 시간을 놓치진 않으리라
– 〈아름다운 세상을 향한 창문〉 中에서

매일 바쁘고, 따뜻하고, 그립고, 조금 쓸쓸했다. 갈까 말까 망설이다 쓸쓸해서 고향집을 찾았다. 일에 치여 지내다 두 달 만에 찾은 고향집. 자정이 넘은 시간, 아버지와 남동생 부부는 잠들어 있었다.

거실문을 열자 캄캄한 어둠 속에서 네 살박이 조카 노아만이 잠을 안 자고 나를 반겼다. 작고 노란 등을 켜자 인상좋은 얼굴에 은은한 노아의 미소가 반짝반짝 빛났다. 은쟁반처럼 반짝반짝.

모든 걸 잊게 만드는 미소였다. 내가 좋아하는 아주 따뜻한 미소. 무공해 미소. 어쩐지 인생을 통달한 것 같은 미소… 아이가 인생을 통달하다니 말도 안돼, 하며 절로 미소가 내 입가에 물결쳤다. 문득 부부금슬이 좋으면 자식도 늘 웃는구나, 하는 생각이 들었다. 사람이 행복하기에 웃는 게 아니고, 애들처럼 웃으면 행복해지는 걸 거야, 하는 생각도 들었다. 씻으려고 옷을 벗고 거실을 오가다 계속 나를 향해 웃는 노아를 느꼈다.

'설마, 비웃는 건 아니겠지.'

장난기어린 속냇말을 하며 노아에게 윙크를 하였다. 수돗물을 틀고 머리칼을 물에 적셔 샴푸를 묻히려는데, 녀석이 욕실에 따라들어와 나를 보며 말없이 계속 웃는 것이었다.

"네 미소는 명품 미소구나. 내게 힘을 주는구나. 이따 보자꾸나."

노아는 거실로 가고, 녀석의 미소가 내마음에 물결쳤다. 나도 누군가의 힘이 되면 좋겠어요, 하는 미소였다. 좀더 살아 있는 의미를 찾고 싶어요 매일 매일 힘껏 빛나고 싶어요, 하는 미소……

갑자기 사는 게 눈물겨웠다. 나는 들었던 샴푸를 도로 제자리에 놨다. 나라도 샴푸를 줄이자. 물로만 머리칼을 쓸어내리자. 노아가 잘 살 수 있는 지구를 만들어주자는 다짐이 생겼다.

'노아'란 이름은 '하나님이 주신 위로'란 뜻을 담고 있다. 노아의 할머니, 즉 우리 어머니가 돌아가실 때 태어나서 붙여진 이름이다. 떠나는 할머니를 위로하고, 남은 가족의 큰 슬픔을 위로해달라는 기원이 담겼다. 문득 이런 생각이 들었다. 세상의 어린 아이들은 다 노아라고. 아이들은 신께서 주신 위로라고. 저렇게 이쁘고 기분좋은 미소의 어린애들이 크면 이 땅은 어찌 되는 걸까 나 스스로에게 물었다.

요즘 나는 잠들기 전에 동네 한 바퀴 운동을 다니면서 곳곳에 수북이 쌓인 쓰레기를 자주 보게 된다. 또한 쓰레기를 트럭에 담는 아저씨를 본다. 그걸 보면 슬프게도 환경재앙으로 인한 멸망이 멀지 않음을 느낀다.

수준 있고 고상하다 여기는 미술관 화장실에 가도 절망을 본다. 다 마시고 난 생수병조차 분리수거 안 하고 버리는 사람을 보면 미래가 암울하다. 어디선가 본 글귀가 생각난다.

"좋은 소식을 받고 싶다면 좋은 소식을 전달하는 사람이 되십시오."

"좋은 친구를 찾기보다 좋은 친구가 되어 주십시오."

이 말을 바꿔하면 '빛으로 가득한 땅, 한국, 우리 마을을 보고 싶다면 빛이 되는 사람이 되어주세요' 라고 말하면 되겠지.

예전에 나는 세상을 날카롭게 바라보며 고뇌하고 실천하는 생활 속의 환경운동가였다. 물론 내 가족과 주변사람만 알지만 말이다. 지금은 먹고 사는 생존에 치여 그때만 훨씬 못하다. 그래도 미래의 아이들이 살 땅을 만들어줘야 한다며 내 생활에서 환경실천을 했다. 지금도 샴푸는 꼭 생협 것을 사용한다. 폐식용유로 만든 비누로 20년째 설거지를 한다. 생활비를 아껴 그 비누를 사서 사람들에게 10년간 선물도 했다. 이사온 집에 손님이 합성세제를 사오면 양해를 구해 어떻게든 다른 물건으로 바꿔놓고 마는 내 성미. 옷도 되도록 면제품으로 사고, 어쨌든 재활용을 철저히 했다.

원래 내 꿈은 시인보다 평범하고 훌륭한 어머니가 되는 거였다. 환경재앙 시대를 사는 내 아이들에게 꽃이 피면 이런 말도 해주는 꿈이 있었다.

'저 꽃은 너희들을 사랑해서 피는 거란다. 해도 달도 너희들이 그리워서 오는 거고. 겨울나무는 사랑해 달라고 옷을 홀랑 벗는 거야. 서로의 숨결을 나누며 꽃이랑 나무랑 매일 뽀뽀하는 거란다……'

나는 앞뒤 생각 없이 환경을 생각지 않고 쓰레기 분리수거도 못하는 게으른 악당들에게 『지구를 살리는 50가지 방법』이라는 책을 선사하고 싶다. 한때 주변인들에게 그 방법을 복사한 종이를 선사했다.

30대 초반, 세탁기에 합성세제를 듬뿍 붓던 파출부 언니랑 실랑이를 벌이던 나는 어머니한테 세숫대야로 한 대 맞기도 했다. 몸이 아프신데다 가게 손님들로 정신없이 일하던 어머니가 말할 힘도 없으셔서 먼저 행동을 취하신 것이다.

"언니가 일 못하게 방해하니?"

"이렇게 많이 쏟아부우면 물고기가 죽어, 이 물이 우리 입으로 그냥 다 들어와."

이런 식의 내 말에 사람들은 어이없어 했다. 지겨운 딸의 영향인지 어머니도 나중에 환경 실천을 해가셨다. 어지간히 내가 들볶았으므로. 가족이란 편안함 때문에 강력하게 요구할 수 있었다. 우리가 깨어 살지 않으면 후세의 아이들이 살 수 없으니 합성세제 사용을 줄이자고 했다. 물론 나는 지금도 그렇다. 어딜 가든 되도록이면 쓰레기를 집에 가져와 분리한다.

21세기 하고도 십 년이 지난 요즘. 무엇이 달라졌을까? 정부시책도 국민의식도 예나 지금이나 많은 문제를 안고 있다. 그래도 나아진 건 환경제품이 눈에 잘 띄는 마트 진열장에 있다는 것.

변두리 한강 지천을 보면 합성세제 거품으로 뒤덮인 곳이 많다. 그것을 보고 지나치자면 암담하다. 살아갈수록 사랑의 의미는 생명을 지키고 낳는다는 걸 가슴에 새긴다.

노아의 미소가 계속 가슴에 남아 은은히 물결친다. 나도 누군가의 힘이 되면 좋겠어요, 하는 미소. 좀더 살아 있는 의미를 찾고 싶어요. 매일 매일 힘껏 빛나고 싶어요, 하는 미소. 눈물겹게 아름다운 미소가.

2… 순수하고
우직하게
사랑할래

나는
너의 손이
닿는 곳마다
피는 꽃

많은 싱글들이 선망하는 커플상은 조니 뎁과 바네사 파라디다. 언젠가 비디오로 조니 뎁 주연의 〈네버랜드를 찾아서〉를 보았다. 내 딸이 요즘 푹 빠져 있는 『피터 팬』 저자의 일대기를 담은 영화였다. 나이를 먹어가면서 신비한 매력을 지닌 조니 뎁. 개성 있는 연기, 시적인 분위기. 그가 맡은 인물들은 섬세하고 우아하며, 몽상적이면서 폭력적이다. 그의 영화 중에 나는 에밀 쿠스트리차 감독의 〈아리조나 드림〉에서의 몽상가 역을 좋아한다.

그의 연기가 남다른 이유는 매일 시를 읊고 책을 읽기 때문일 것이다. 연인인 바네사 파라디는 이렇게 시와 예술을 사랑하는 그의 모습을 몹시 자랑스러워 했다. 바네사 파라디는 가수이자 배우로 영화 〈하얀 면사포〉에서 아주 인상깊은 연기를 보여줬다. 얼마 전, 조니 뎁이 최근 오랜 연인에게 프러포즈를 했으며 곧 결혼할 거라는 뉴스를 보게 되었다. 조니 뎁은 아이들에게 좋은 아버지가 되려면 법적으로 결혼해야겠다는 마음이 들었다고 했다. 그런데 바네사는 결혼과 동시에 남편의 성을 따르기 때문에 자신의 성이 없어진다는 사실에 우려를 표했다. 이에 조니 뎁은 흔쾌히 그녀에게 지금의 이름 그대로 간직하라고 전했다니……. 조니 뎁의 배려는 잔잔한 감동을 준다.

조니 뎁과 바네사 파라디는 참 많은 이들이 꿈꾸는 이상적인 사랑의 커플이다. 마음속에 그들의 모습을 그려보기만 해도 흐뭇하다. 그들은 세계에서 최고로 유명한 사람들이지만 이 커플을 보면 일상에 뿌리를 박은 커플 특유의 자연스러움과 단단함이 느껴진다.

결혼 후에 더욱 열심히 살고, 깊어진 조니 뎁을 보라. 더욱 우아해진 바네사를 보라. 유혹이 많은 영화계에서 두 사람이 멋진 모습으로 꾸준히 사랑을 지속하는 그 힘은 어디서 나왔을까? 그들이 오랫동안 만들어온 사랑의 역사, 그 절대적인 사랑의 시간들을 생각해본다.

유명해도 일상은 똑같다. 아마 그들도 처음에는 서로가 낯선 타인이었을 것이다. 하루하루 데이트하며 조금씩 알아가게 된다. 그리고 일상생활을 함께하며 습관과 방식이 어떠한지 부딪히며 깨우쳤으리라. 살아보니 어떤 문제가 생기는지, 관계가 부드럽게 흘러가는지 하나하나 따지며, 서로 다른 면은 맞춰갈 수 있는지 살폈을 것이다. 유혹이 많은 영화계에서 그런 식으로 천천히 오래 지속적으로 단단한 사랑의 결실을 이루었고, 지금은 예쁜 아이 둘과 행복한 생활을 누리고 있다. 그들처럼 우리도 함께 시간을 단단히 붙잡고 사랑하는 이를 더 사랑하는 법을 터득해야 한다.

인생은 복잡하나, 진실은 아주 단순하다. 제일 먼저 소중한 사람과 시간을 함께 보내고, 그가 힘들어 하면 곁에 있어주고, 일부러 밥을 먹고 차를 마시는 시간을 내야 한다. 그렇게 단순한 일상 속에서 친밀감이 쌓이고 단단한 그 무엇이 된다.

누군가는 배우자보다 자기 취미생활에 더 마음을 쓰며 시간을 보낸다. 누군가는 사업상의 관계나 지인들과 보내는 시간들에 세월을 허비한다. 제일 먼저 생각해야 할 소중한 사람보다 다른 일에 시간을 쓰면 반드시 문제가 터진다. 관계가 어긋나버린다. 소중한 사람들의 1순위, 2순위를 분명히 해야 할 필요가 있다. 일의 우선순위를 정할 필요가 있듯이…… 순탄하고 풍요로운 관계는 시간을 들이고 에너지를 아낌없이 써야 가능하다. 그래야 상대방이 인정과 사랑을 받고 있다고 느낄 수 있다. 서로에 대한 존경과 애정, 믿음을 더하려면 고마워하는 마음을 자주 보여주기. 끊임없는 사랑과 관심은 인생을 바꿔주는 최고의 힘이다.

마더 테레사는 말씀하셨다.

"사랑은 계절을 타지 않는 과일이며, 누구나 먹을 수 있는 과일이다. 이 사랑의 과일은 명상과 기도와 희생을 통해 모든 사람의 손 안에 들어갈 수 있다."

사랑하는 이와 늘 추억을 쌓고 헌신하려는 용기와 정성이 필요하다. 그렇다면 우리는 어떤 노력을 기울여야 할까?

1. 상대가 무얼 필요로 하는지 민감해질 필요가 있다.
2. 때로는 내가 무얼 필요로 하는지 민감해질 필요가 있다.
3. 때로는 말하지 않는 편이 낫다. 인생에서 중요한 사랑의 방법은 언제 입을 다물고 있어야 하는지를 아는 것이다.
4. 어려운 고난에 처해서도 웃을 수 있는 훌륭한 사람들을 좋아한다.
5. 짜증스런 일을 당했어도 짜증내지 않는 사람들에게 감탄한다.
6. 인격적으로 성숙한 사람들은 남이 뭐라 흉을 보거나 끈적거리는 말을 해도 쉽게 화를 내지 않는다.

서로를 위해 일상의 크고 작은 즐거움을 만들고, 동시에 일상을 뛰어넘어 서로를 격려하며 정신적인 탐구를 멈추지 않는 것. 그리고 행동하는 열정의 커플. 생각만 해도 아름답다. 이를 위해 서로 노력하고, 이런 노력들이 몸에 깃들면 두 사람의 영혼은 어두운 인생 길에서 더욱 아름답게 빛나리라.

서툴지만
미치도록
사랑해

"부디 그 따뜻하고 착한 눈동자에 날 담아주세요. 당신이라서 행복한 거예요. 나는 당신이 아니면 안 되는 보석상자예요. 당신 외에는 열리지 않는 몸과 마음이에요. 당신 눈빛과 손길이 닿아야 제대로 숨을 쉬고 사랑스러워져요. 평생 곁에 있을게요. 당신이 내 인생을 바꿨어요. 인생이 이렇게 당신과 함께 있기 위해 태어난 것 같아요."

나도 이렇게 고백할 시간이 오겠지, 생각하며 따끈따끈 미소를 지어본다. 아침 햇살이 가득한 창문. 빛이 만드는 그림자가 깊다. 라디오에서 막 청취자들이 사랑의 고백을 시작했다. 어떤 남자가 연인에게 초콜릿처럼 달콤하게 사랑을 고백하고 있었다.

"사랑해. 너 때문에 나는 매일 씩씩하게 부활해!"

마침 손에 든 순정만화에서 여주인공이 오해로 멀어진 연인에게

검은 불 같은 사랑을 토해내고 있었다.

"나쁜 여자가 되어 너를 사랑할 거야."

악당 같은 고백이지만 귀엽다. 어떤 말이든 사랑 고백에는 가슴이 두근거린다.

후배의 기쁜 전화가 왔다. 용감한 연하의 애인이 네거리에서 크게 "사랑해!"라고 외쳤다는 것. 듣기만 해도 즐겁고, 부럽다. 그런데 사방에서 터져 나오는 고백의 봇물 속에서 문득 물음표가 그려진다. 왜 많은 연인들이 사랑을 고백한 후 본격적인 연애 단계에 들어가면 그토록 쉽게 휘청거릴까?

얼마 전, 알고 지내는 스님께서 멋진 사랑, 멋진 커플을 보고 싶다면서 이렇게 말씀하셨다.

"멋진 사람들은 많은데, 멋진 사랑이 드문 세상이다. 서울시에서 백 쌍의 연인들 중 몇 쌍 정도가 멋진 사랑을 할까? 남의 사랑이라도 훔쳐보며 가슴이 설레고 싶다. 왜 죽도록 사랑하는 마음을 잘 찾아볼 수가 없을까?"

사랑은 많은 우여곡절 속에서 단단해진다. 그런데 의외로 많은 이들이 어려운 일이 닥치면 견디지 못하고 쉽게 다른 사랑을 찾아 떠난다. 지금 상대보다 더 괜찮은 누군가를 만나리라는 막연한 기대감이 쉽게 만나고 쉽게 헤어지게 한다. 마음만 먹으면 쉽게 만나는 세상 속에서 만남의 수만 늘어가지, 사랑이 좀처럼 깊어지지 않는 것 같다.

지난주에 만났던 어느 후배의 이야기가 떠올랐다. 그녀는 연인과 헤어진 뒤, 그의 소중함을 깨닫고 그를 다시 찾아가 "당신이 없으면 죽을 것 같다"고 고백을 했다. 그리고 그가 다시 돌아올 수 있도록 정성들인 메일을 보내고, 전화로 대화를 이끌어내는 온갖 정성을 기울였다. 그녀는 바람개비가 바람에 돌듯이 떨리는 목소리로 말했다.

"속은 썩어 문드러지는데, 그래도 내색하지 않고 기다렸죠. 사랑하면 뭐가 두려워요. 돈, 사랑하는 사람 다 줘버려요. 그 사랑만 되찾을 수 있다면 뭐든 다 하고, 어떤 어려움도 견뎌야 하는 것 아닌가요."

'아끼지 말고 사랑하는 사람에게 다 줘버려요'라는 말이 나를 크게 움직였다. 이는 계산하지 말고 따지지 말라는 뜻이다. 따지고 계산하는 사람들을 너무 많이 봐와서 그 말이 참 신선했다. 나는 다짐했다. 그래, 인생은 단 한 번이고 사랑하면 뭘 아끼나. 그래 다 줘버리자고.

이후 나는 평생 함께할 동반자와 어떻게 사랑해 갈까를 깊이 생각하였다. 무조건 모든 것을 공유해야 한다. 슬픔도 기쁨도, 이런 감정만이 아니라 경제적인 부분까지도 공유해야 한다. 각각 주머니를 따로 차는 딩크족처럼 살아봐서 안다. 인생은 편리한 게 다가 아니다.

사랑을 위해서라면 불편함도 감수하고 무엇이든 함께 나누어야 한다. 순수성과 투명성을 잃으면 관계에는 금이 간다. 더러 다툴 수는 있다. 하지만 투명하게 나누며 살아간다면 언제 다투었나 싶게 다시 하나가 될 것이다. 어제의 불안과 오늘의 두려움, 이 순간의 고민, 이 모든 건 두 사람의 행복한 내일을 위한 것이다.

요즘은 성이 자유로운 시대지만 여전히 혼전순결을 지키는 천연기념물 같은 사람도 있다. 내가 아는 '오리지널 처녀'들은 가볍고 쿨한 만남은 허망해서 싫다고 한다. 소중한 인연을 기다리고 있을 뿐이다. 초스피디한 이 시대에 답답하게 보일지도 모른다. 하지만 이 모습 또한 귀하고 아름답다.

사람의 마음은 항상 순수함에 가닿기를 원한다. 누구나 사랑과 우정이 조건이나 한계 없이 완전하기를 꿈꾼다. 그러나 그것은 꿈일 뿐이다. 불완전한 우리는 완전을 꿈꾸며 그저 노력할 뿐이다.

관계를 흐트러뜨리고 녹슬게 만드는 나 자신의 오래된 습관인 두려움과 상처에 대해 거리를 두고 보라. 고통 받거나 절망하거나 혼란스러운 순간에도, 미래를 알 수 없는 오늘 이 순간에도 우리는 늘 함께해야만 한다. 아름답고 황홀한 시간뿐만 아니라 위기에 처한 때도 함께하리라.

오늘 우리가 함께하는 시간은 내일 오지 못할 특별한 순간이다. 저마다 독특하고 개성있는 방식으로 사랑할 시간이다. 부정적 말과 메시지는 불화와 노화를 부추길 뿐이다. 긍정적이고 이쁜 말로 사랑과 젊음과 생명력이 충만한 시간으로 가꿔 보라.

사람은 서로 노력하고, 의지함으로써 더욱 가까워진다. 서로에게 기댐으로써 세월이 흘러도 쉽게 안 깨지는 튼튼한 애정을 키울 수 있음을 기억하리라.

인생은 길지 않다. 다투거나 쉽게 헤어지기에 사랑할 시간이 많지 않다. 누군가의 꽃이 될 시간이.

스르르
미끄러지는 게
여행이야

사람의 영혼은 머물지 못하고 늘 떠난다. 때로 참담하도록
답답한 나날을 견디기 위해 위안이 될 무언가를 찾는다.
사랑의 이름으로 다가오는 어떤 향기,
몸과 마음이 합일하는 어떤 순간,
아, 내가 이곳에 살아 있다고 열정과 경이에 차서
황홀해 하는 순간을 만나기 위해 헤매는지 모른다.
ㅡ「나의 아름다운 창」中에서

차에 오르는 순간 스르르 풍경이 미끄러진다. 비행기 날개 사이
로 우울했던 기억들이 천천히 날아간다. 이게 여행의 시작이다.

먹구름처럼 무겁고 아팠던 일, 외로워 떠돌던 기분이 시원하게
날려간다. 생생한 나의 발견, 새롭고 신선한 상상력의 꿈틀거림,
뭐든 잘하고 잘 해낼 것 같은 자신감, 새로 태어나는 듯 천천히 물
오른 느낌. 이것이 여행의 묘미리라.

누구에게나 인생이 축복임을 깨닫는 자리는, 사랑을 나누는 자
리거나 여행지일 것 같다. 그 많은 여행지 중에 내게 큰 축복의 장
소는 포르투갈이었다. EBS 프로그램 〈세계테마기행〉의 출연자로
서 떠난 여행, 박미선 PD와 작가와의 좋은 인연으로 축복을 받았
다. 지금도 고맙기만 하다. 또한 그 머나먼 땅까지 다녀왔다는 사
실을 떠올리면 신비롭다.

여행은 잠자던 감각을 일깨우고 생활에 신선한 열정과 생명을 불어넣는다. 그 신선한 뜨거움에 영감을 받고 창조적인 사람으로 다시 태어나는 기쁨을 얻는다.

포르투갈은 유럽에서 제일 가난한 나라지만, 포르투갈 사람들은 지금도 해양제국 시대의 긍지와 자부심이 대단하다. 전통을 수호하며 시와 예술을 사랑하는 정서가 가득하다. 거기에 예술적 감각이 더해져 후미진 동네에서도 품격이 느껴진다. 포르투갈의 수도 리스본은 세계적으로 손꼽히는 아름다운 도시다.

그곳에서 가장 인상 깊은 것은 장인들의 손으로 완성된 바닥이었다. 고운 아이보리색 돌바닥을 깔아서 어디나 눈이 부시게 아름답다. 그 돌바닥은 행인들에게 존재감을 주어 사람과 공간이 신비로운 그림처럼 보인다. 특히 밤이 되면 기품 있게 빛을 발해 동화 속의 한 장면 같은 환상을 불러일으킨다. 바닥을 만든 장인의 동상과, 포르투갈의 유명한 우체부 동상들이 매력적인 조형미를 뽐낸다.

리스본에는 카몽에스 광장이 있다. 시인 카몽에스를 기리는 광장으로 광장 가운데에는 시인의 동상이 우뚝 서 있다. 광장 주변 시아두 일대에도 시인의 동상들이 서 있었다. 포르투갈이라는 나라가 무척 근사하구나, 감탄하며 남다른 애정이 싹트기 시작했다.

특히 많은 젊은이들과 세계 각지에서 몰려온 여행객들이 모여드는 150년 된 브라질리아 카페 앞에는 아주 멋진 신사의 동상이 있었다. 동상의 주인공은 포르투갈의 국민시인 페르난도 페소아 (1887~1935)다. 생전에 페소아는 매일 브라질리아 카페에서 시를 쓰고 책을 읽곤 했다. 포르투갈 여행에서 처음 알게 된 페소아. 그가 머물던 카페에서 나는 그의 시를 읽었다.

나는 나를 읽을 모든 이들에게
내 커다란 모자를 벗어 인사한다.
언덕 능선 위로 역마차가 모습을 드러내는 때에 맞추어
내 집 문간 위로 내가 나오는 걸 그들이 볼 때.
나는 인사하며 글들에게 햇볕이 비추어주기를 빈다.
필요하다면 비가 내리기를.
그리고 그들의 집, 열린 창의 구석에
특별히 좋아하는 의자 하나를 가지고 있어서
앉은 채로 내 시를 읽을 수 있기를.
- 〈양떼를 치는 사람-제1편〉 중에서

브라질리아 카페 앞 페소아의 동상 옆자리에는 빈 의자가 하나 놓여 있다. 수많은 관광객들이 이 의자에 앉아 기념사진을 찍고 간다. 문득 페소아는 관광객들의 기념사진 속에 담겨 세계 시인으로 알려졌을 거라는 생각이 들었다. 우리나라도 시인이나 예술가 동상들이 도시 곳곳을 빛내면 얼마나 좋을까.

포르투갈에서 일주일이 지날 즈음, 조금씩 두려움이 밀려오기 시작했다. 두고 온 아이와 쓰다 말고 온 글들, 정리 못한 사진들 때문에 가슴이 묵직해졌다. 여행을 가도 짐져야 할 삶의 무게로 마음에 슬슬 구멍이 났다. 구멍이 자꾸 커지니 가슴도 아프고, 그리움은 더 커졌다. 그만 쓸쓸해져 두려움에 사로잡히고 말았다. 하지만 서서히 두려움의 고통과 상실감 속에서 나는 더 성숙해진다는 것을 알았다.

위안을 얻으려고 누군가에게 기대는 우리들. 서글픈 시간을 따뜻하게 하는 것은 역시 정情이다. 그곳에서 PD 미선 씨와 새로운 체험을 하며 정든 시간이 아련하니 그립다.

시가 흐르고 추억이 흐르는 포르투갈 여행은 나에게 커다란 힘을 주었다. 먹고 사는 일에 시달리던 마음을 씻어내고 내일의 활력소를 찾았던 여행은 아주 창조적인 여행이다. 어쩌면 모든 여행은 창조적이다.

여행으로 집착했던 것들에 거리를 두고 볼 여유가 생긴다. 그 여유 속에서 보지 못한 것을 보고 듣지 못한 것을 듣는 신비한 체험을 누린다. 포르투갈에서 나는 다짐했다. 살아 숨 쉬는 만물의 소리에 귀를 기울이며 살리라. 살결을 느끼고, 옷의 질감을 느끼고, 꽃잎과 잎사귀의 흔들림을 보고, 바람을 느끼리라. 밥알을 씹는 느낌과 흙의 감촉, 비누 향기까지 모든 감각을 살려 인생의 아름다움을 다시 느껴보리라.

그런데 이 고귀한 느낌을 이제 혼자서 갖기가 싫다. 반드시 사랑하는 이와 나누고 싶다. 그런 덤덤하고 애틋한 시간을 꿈꾸며 산다. 그 버릴 수 없는 꿈이 있어 더 열심히 산다.

페소아 시인처럼 나의 시와 사진들이 사람들이 쉬어 갈 좋은 의자가 되기를 바란다. 그리고 나는 생의 감각을 일깨워 성실히 일할 것이다. 랭보의 잠언에 귀를 기울이면서.

"만일 모든 삶이 독특하다면 우리들은 독특하게 살아가도록 합시다. 신선하고 새롭지 않은 모든 것을 우리는 거부하도록 합시다."

내 쓸쓸한
손을
잡아줘

주위가 너무 고요하다. 전화라도 울렸으면 좋겠다. 전화 한 통도 없는 어떤 하루. 쓸쓸해진 누군가의 가슴은 멍든다. 바보같이 전화를 기다렸기 때문이다. 전화를 받고 싶은 마음이 전화를 걸어주고 싶은 마음보다 크기 때문이다. 누구에게도 기대하지 않으면 편안하다. 전화를 기다리는 마음조차 생기지 않는다. 그러나 기대심리는 인간의 본능이고, 그리워하며 기다리는 마음은 인간의 운명이지 않은가. 아는 친구가 굴뚝에서 연기가 터져 나오듯 작은 숨을 내쉬며 말한다.

"혼자 살려면 애인이 있든가 친구라도 많아야 해요. 아무래도 인생은 혼자 살기엔 너무 힘들고 외로워요."

무거운 분위기를 한 꺼풀 거두고 싶은 마음에 나는 허허로운 농담조로 말을 건넸다.

"허허, 고독의 습관에 물들지 않으셨군요."

"그래서 힘든 건가요?"

그는 고개를 갸웃거렸다. 따스한 불빛을 기분 좋게 느끼며 나는 말했다.

"또래 동창들은 나이가 들수록 친구가 그립다고 하더군요."

나는 있는 친구라도 잘 살피고 따뜻하게 지내려는 타입이다.

"기회가 되면 남자, 여자를 초월한 친구 관계를 갖고 싶고, 잘 어울릴 수 있는 친구들과 공부 모임을 갖는 것도 괜찮을 것 같아요."

"중년이 되면 다 중성이 되니 수다 모임도 좋은 것 같아요."

이건 분명하다. 우리는 모두 외로워한다.

"예전엔 친구들이 예술가면 좋겠다고 생각했어요. 하지만 지금은 그렇지 않아요. 의사소통이 잘 되고 성정이나 코드가 같고 품만 따뜻하면 나이 차도, 직업도 중요하지 않아요."

확실히 나이가 들면 모난 부분이 둥글게 다듬어진다. 세월과 세상 어려움에 부딪치다 보니, 외로운 사람들끼리 더불어 사는 따뜻함이 절실해진다. 나의 부족한 점을 자꾸 되돌아보게 되고, 사람들과 둥글둥글 살아가야겠다는 다짐을 한다. 역시 가장 중요한 건 정인情人에 대한 따뜻한 배려다. 그러나 바쁜 세상에 안부전화 걸기도 쉽지 않다. 친구도 헤어지면 당시 잘해준 사람이 그립더라.

의외로 생각만 하고 말로만 하는 사랑이 많다. 하지만 누구나 관계를 통해서 자신을 풍요롭게 가꾸어가는 존재임을 새기고 싶다.

관계 안에서 끊임없이 자기를 단련하고 바꾸면서 아름답게 성장해야 한다는 사실도. 사람을 사랑하는 방법은 그리 힘들지 않다. 고맙다는 말과 마음을 전하면 된다.

전화 한 통으로 안부 인사를 전하는 일도 드물어진 시대가 되어버렸다. 이렇듯 감사나 안부를 잊고 살 때가 얼마나 많은지. 살면서 겪는 고통과 슬픔, 삐걱거리는 관계와 단절, 소외감도 감사하고 안부 인사 전하는 마음을 잊은 데서 오는 것 같다. 이혼한데다가 아이를 외국에 보내놓고 혼자 지내다 보니 누군가 내게 안부 인사를 건네 오면 그저 반갑기만 하다.

"밥 먹었어요?"라는 안부 인사는 늘 가슴 찡하다. 독신자들에게는 더욱 와닿는 말임에 틀림이 없다. 주변에 혼자 사는 친구가 있다면 전화라도 걸어보자. "밥 먹었니?" 혹은 "지금 뭐해? 밖에 어둠이 폭포처럼 쏟아지는데……."

따뜻한 말 한마디에 친구의 가슴은 무척 부드러워질 게다. 심지어 외로워서 버림받은 기분이라면 다정한 안부인사에 그 마음은 깨끗이 사라지겠지. 그리고 "나한테 전화 거는 일, 잊지 마"라고 애교스럽게 대화를 마무리하면, 친구의 하루는 상큼하게 열릴 것이다.

흘.러.가.게. 내.버.려.두.기.

인생은
훨씬
좋아진단다

슬프지 않으면 바람이 불지 않고
슬프지 않으면 영혼이 불어 닥치지 않는다

곧 눈보라가 칠거야
아름다운 손님이 찾아올거야
아름다운 나날이 이어질거야
－〈아름다운 손님이 찾아올 거야〉中에서

날이 흐려서인지 따뜻하고 애틋하고 정감어린 것들이 그립다. 좀
더 달콤한 시간을 위하여 나나 무스쿠리의 〈Over and over〉를 듣
는다. 시적인 가사가 구절구절 가슴에 닿는다.

'나는 감히 달에 가 보려고 하지는 않아요. 우리가 나눈 사랑은
결코 시들지 않을 거예요. 몇 번이고 당신의 이름을 되뇝니다. 수도
없이 당신에게 키스합니다.'

아아, 좋아라. 바람 불고 비오는 날엔 노래와 시와 그림에 온통 젖
어들고 싶다. 하루가 다 가고 밤이 되면 잠자리에 들고 싶다. 이틀
내내 비가 내려 영화를 몇 편 찾아보았다. 팀 버튼 감독의 〈빅 피쉬〉
도 보고, 데니 고든이 연출한 〈왓 어 걸 원츠〉도 보았다. 영화에 이
런 대사가 나왔다.

"삶은 때로 상상대로 흘러가지 않는다. 훨씬 좋아진다."

희망을 주는 이 말을 가슴에 걸어 두었다. 그렇게 천천히 며칠이 흘러갔다.

돈이나 사랑, 성공… 이런 것들을 너무 절실하게 좇으면 달아나더라. 이 사실을 알면서도 절실해지는 건 애착의 법칙을 모르기 때문이다. 지나치게 절실하면 반드시 무언가가 엉키고 막힌다. 병이 나기도 한다. 실체와 점점 더 멀어진다.

부디 연애할 때 조바심치지 말기를 바란다. 조바심쳐 본 자는 다 알 것이다. 주변의 연애의 대가들을 보면 남자 보는 눈이 정확하고, 자신을 잘 가꾸고 지키며 사랑을 가꾸기 위해 노력한다. 느긋한 마음이 중요하다. 맘에 드는 사람이 보이면 느긋하게 돌아가야 자신의 장점을 하나씩 천천히 보여줄 수 있다. 글도 어깨에 힘을 빼야 더 풍부하게 써지듯. 사랑도 마찬가지이다. 오르한 파묵의 소설 〈내 이름은 빨강〉에서의 한 대목을 가슴에 새겨보라.

"바보들은 언제나 자신의 사랑이 촌각을 다투는 시급한 일이라도 되는 듯 성급하게 마음을 드러내는 바람에 상대의 손에 칼자루를 쥐어주지요. 영리한 연인은 결코 서둘러 반응을 보이지 않는 법입니다. 서두르면 사랑의 열매가 늦게 맺는다는 거지요."

부처님 말씀대로 놓아라. 무심히 흐르다 보면 좋은 결과가 올 것이니. 사랑도 애착이면 아름답다. 그러나 애착과 집착 그 경계선에서 멈추어야 한다.

나의 후배가 어떤 사람과 1년 정도 연애를 했다. 그런데 남자가 먼저 헤어지자고 말했다. 연인은 아득히 멀어지고 아른아른 세월이 꿈같이 흘러갔다. 그런데 그녀는 그 남자를 잊지 못해 1년 동안 마음을 끓이고 지인들에게 아직도 잊지 못했다고 전해 달라는 부탁을 하기도 했다. 하지만 그 남자는 냉정하게 돌아서서 다른 사람과 결혼을 했다. 결국 후배는 그를 포기했고, 이후 두세 번의 연애를 했으나 다 헤어졌다. 그렇게 십 년이 훌쩍 가버렸다. 그런데 남자의 결혼 생활이 순탄치 않다는 소문이 들려왔다. 그는 아이 없이 이혼한 후 홀로 남게 되었다. 그리고 지난겨울, 그는 후배의 블로그에 안부 인사를 남겼다. 그렇게 다시 만났던 날, 그는 그녀에게 말했다.

"몸도 마음도 너무 지쳤어. 그저 나를 감싸줄 친구가 필요해. 연애의 감정이 생길 상황이 아니야."

"편히 나한테 기대. 너의 진짜 친구가 되어줄게."

후배도 지쳐 있던 남자를 따뜻하게 품어주었다. 이 세상에 다시 태어나는 눈부심, 꽃이 피어나는 찬란함을 맛보는 순간이었다. 그들은 다시 연인이 되어 따뜻하고 평화로운 시간을 보내고 있다.

일이 잘 안 풀리면 그냥 흘러가게 내버려두라. 느긋하게 기다리면 좋은 때가 온다. 편안하게 느끼면 편안함을 부른다. 편안하고 안정감을 느끼면 주변에 사람들이 쉬러 온다. 벚나무 곁으로 사람들이 쉬러 오듯이.

커.플.이. 끝.까.지. 함.께.하.는.법. 익.히.기.

너를 만나
행복을
알았어

　사람들은 인생이 행복한 방향으로 흘러가기를 바란다. 매순간 인생이 바뀔 중요한 선택을 한다. 오늘보다 내일이 나으리라는 기대를 한다. 이처럼 꿈과 기대, 희망 없이 사람은 살아갈 수가 없다. 봄이 오기에 겨울을 견디고, 기쁨의 씨앗을 안고 있어 슬픔을 참아낸다. 더 좋은 날이 오리란 꿈으로 살아간다. 연인들은 더욱 행복해지리라는 기대로 결혼을 선택한다. 종족보존의 결과물인 자식은 인생 최고의 빛과 희망을 안겨준다. 자식이란 결코 끝까지 의지할 대상이 아님을 뼈아프게 깨닫지만 그래도 우리는 끝없이 자식에게 희망을 건다.

　미래사회에는 가족의 형태가 다양해질 것이다. 결혼이 뭐 그리 중요한가 싶을 때도 있다. 그럼에도 우리는 사랑의 완성이라 불리는 결혼을 향해 나아간다. 결혼은 생애 최고의 기쁨인 사랑의 결실이다. 그러나 결혼 이후에는 그 기쁨보다 빠르게 실망과 부담이 찾아올 수 있다. 언젠가 한 친구가 진지하게 말했다.

"남편을 바겐세일 할 테니 누가 좀 사가."

"그럼 내가 어떻게 해결해 볼까?"

다른 친구가 농을 던졌다. 혼자 살면 편안하기만 한데, 둘이 살면 다른 습관과 생활방식에 부딪쳐 다투게 된다. 그리고 처음에는 누구나 남편에게는 처가댁이, 아내에게는 시댁이 낯설고 불편하다. 어떤 부부도 문화의 충돌과 몸에 밴 생활의 충돌을 피할 수는 없다. 하지만 그 과정을 겪으며 누구나 장단점을 지녔다는 사실과 서로를 바꾸기 힘들다는 사실을 받아들이게 된다. 이후 결혼은 조화를 이루고 정을 쌓는 것임을 깨닫게 된다. 사랑을 하고 결혼한다고 해서 결코 외로움이 사라지는 건 아니다. U.샤퍼는 그의 시 〈그대에게 자유를 드리겠습니다〉에서 그런 사람의 심리를 명쾌하게 풀어놓았다.

문득문득

그대가

새처럼 훌쩍 날아가 버리면 어쩌나

불안에 싸일 때가 있습니다

그런 절박한 감정에 사로잡힐 때면

어떻게든

그대를 놓치면 안 된다는

다짐을 하고

또 다짐을 합니다

생각해 보면

두려움은 사랑의 철조망일 뿐

불안이 안개처럼 드리운다는 것은

그대에 대한

나의 사랑이 모자란 까닭입니다

사랑은

누구를 소유하는 것이 아닙니다

그대를 놓아주어야

비로소 그대가 내게 다가올 수 있고

나 또한

그리 될 수 있을 것이기 때문입니다

  늘 살아도 만족이 없고, 사랑해도 아쉽고 모자란 것투성이, 이것
이 바로 인생이겠지. 연인은 잡는다고 해서 잡아지지 않는다. 사랑
은 서로 헌신하려는 노력과 용기로 이어진다. 그 노력 중의 하나가
바로 소유를 떠난 진실한 사랑이다.
  세상에 쉬운 결혼이란 없다. 우리는 사랑이 당연히 쉽게 생겨나야
한다고 믿는다. 그러나 사랑은 기꺼이 주려는 헌신과 깊은 마음이

없으면 생겨나지 않는다.

그것이 힘들기에 대부분 기혼자들은 외로운 싱글들에게 결혼하지 말라는 말을 한다.

"결혼을 왜 해요? 연애나 하세요."

친한 분이 내게도 이렇게 권유하길래 나는 다음과 같이 말했다.

"연애도 뻔하지 않나요? 주변에서 보면 짧게 만나 비정하게 헤어짐을 반복해요. 이것도 계속하면 자발적 고문이 아닐까요?"

외로운 싱글들에게 '연애나 하라'는 말은 기혼자들의 배부른 얘기다. 결혼이 어렵다 여기면 더 꼬이고, 점점 더 어렵다. 너무 편하고 쉬운 것만 좇지 마라.

처절하게 혼자 남겨진 모습을 그리며 긍정적으로 좋은 면을 떠올려 보라. 결혼의 형식이든, 아니든, 끝까지 함께할 커플이 되는 건 아주 중요하다. 그런 끈끈한 커플이 되기 위해 애쓰는 수밖에 없다. 인생은 불가능을 가능함으로 바꿔가는 재미와 노력이 아닌가.

진실한 사랑은 주는 것이더라. 그게 전부다. 사랑은 나와 당신 안에 있다. 기꺼이 주고자 하는 마음속에 있다. 다들 사랑할 능력이 있지만, 그 능력을 어찌 써야 할지 잘 모른다. 스스로에게 물어 보라. 제대로 사랑할 용기를 가졌는가? 사람들은 사랑을 준 만큼 돌아오지 않을까봐 두려워 한다. 먼저 받고 싶기에 주기도 어려운 것이다.

그리고 사랑은 상대의 약점과 단점까지 모두 품는다. 그 약점이 즐겁지 않아도 그리 신경 쓰지 않는 것, 대수롭지 않게 여기고, 뒤로 넘길 줄 아는 마음이다. 커플이 상대를 불쌍히 여기면 어떻든 버티고 평생 함께 갈 수 있다고 본다.

사랑은 이유 없는 끌림이며, 아무 말 없이 모두 다 품는 것이며, 올인하는 것이다. 희생하고 타협하고 공유하고 견디는 사랑. 실체가 있는, 질기고 부드러운 사랑. 이게 진짜다. 만질 수 있고 위로받을 수 있으며 안아주고 보호해주는 사랑, 항상 달콤하지는 않아도 친근한 맛과 향이 나는 사랑. 그 사랑을 위해 나는 사랑하는 이를 자유롭고 편안하게 해주리라 다짐한다.

서로가 함께 성장하고, 함께 나아가고 싶어하는 마음이 있다면 사랑이 쉽게 식지 못한다. 그런 마음만이 늘 새롭고 기쁨으로 충만하기 때문이다. 모든 이에게 진정한 사랑이 임하기를.

"너를 만나 행복을 알았어"라는 자크 프레베르의 시 한 구절을 언젠가 사랑하는 이에게 건네고 싶다. 꿈꾸는 당신에게. 그리고 나에게.

뭘 원하는지
알아,
가슴으로
들었거든

우리는 모두 영적, 육적으로 최고의 사랑을 누려야 할 존재다. 이미 서로가 하나다. 부족한 점을 메우거나 다친 부분은 새 살이 돋게 한다.

문제는 항상 그 사랑을 어떻게 지속시키느냐다. 친밀감, 일체감을 자주, 많이, 깊이 느낄수록 사랑은 단단하다. 계속 이어진다. 그래서 서로 사랑하는 커플들은 영혼의 친밀감까지 깊어지게 노력하는 존재다. 그래서 영적 동반자로서 사랑의 디자이너가 되고, 함께할 것들에 계획을 세워야 한다. 잘 몰랐거나 감춰진 사랑의 재능을 하나씩 발견하기. 지혜를 써서 더 현명하게 사랑하는 법을 하나씩 알아가기. 영적인 삶과 사랑은 특별하고 고차원적인 사상이나 철학이 아니다. 가장 단순한 일상과 매일의 경험 속에 흐른다.

지난봄 외국에 있던 여동생 부부가 고향에 왔을 때 그들이 공부하던 책을 잠시 들춰보다가 감탄을 했다. 마음의 방황을 하다가도 이렇게 여동생 부부를 보면 맑은 샘물을 마시는 기분이다. 잊었던 것이 하나씩 돌아와 내 마음을 여미고 옷 매무새를 만져주는 느낌.

여동생 부부는 신의 사랑을 실천하며 산다. 내가 이 세상에서 가장 아름답다고 생각하는 부부이기도 하다. 그 영향을 받아 영적인 흙 속에서 내가 일구는 예술도 더욱 울림이 커졌으면 한다.

나는 신심이 부족해 외로움에 휩싸이곤 한다. 그러다가도 영성책한 권 읽다 보면 외로움도 조금 단단해지고 집중력이 생긴다. 영성책은 혼자 있어도 행복해지는 방법을 배우게 한다. 혼자의 시간만이자신의 균형 감각을 찾아준다. 그 균형감은 사랑을 안전하고 단단하게 이어간다. 책 읽기 좋은 구석방에서 여동생이 보는 영성책을 살폈다. 영혼의 동반자로서 함께하는 부부의 이야기였다. 친밀함에 대한 대목이 눈길을 끌었다.

"친밀함이란 거절을 두려워할 필요가 없으며, 실패나 배신을 두려워할 필요가 없다는 의미다."

사람은 자신이 사랑받지 않고 이해받지 못하거나, 존중받지 않다고 느낄 때 친밀감을 두려워한다. 서로 정서적으로 지지를 받고 외로움으로부터 보호를 받고 있다는 안정감. 참 중요하다. 두루 많은 영성책을 보며 내 생각을 정리해 본다.

좋은 관계, 호감을 느끼는 이들끼리의 친밀감이란 서로 측은지심, 연민의 정을 느끼는 일이다. 또한 서로 더 깊은 사랑과 교감과 헌신으로 나아가게 애쓰는 일이다. 이를 위한 자세한 노력은 이렇다.

1. 서로 생의 목적을 분명히 하고 영적 동반자로 더욱 단단한 노력하기.
2. 자신의 허전함을 채워 달라고 떼쓰지 않고 자기 발전에 노력하기.
3. 상대를 바꾸려고 너무 애쓰지 않기.
4. 상대가 뭘 원하는지 묻고 가슴으로 듣기.
5. 기죽이는 말 없이 진실함, 배려, 칭찬, 격려로 대화하기.
6. 서로의 사랑을 위해 필요한 게 뭔지 묻기.
7. 영성책을 늘 읽고, 함께 기도하기.
8. 함께하는 삶이 얼마나 큰 축복인지 감사하기.

여기서 또 하나, 자신의 약점까지 내보일 수 있는 정직함이 무엇보다 중요하다. 자신의 고통, 두려움, 좌절 등 채워지지 않은 욕구들까지 솔직히 얘기해야 한다. 대문호 괴테는 말했다.

"적어도 하루에 한 번은 누구나 아름다운 노래를 듣고, 좋은 시를 읽고, 아름다운 그림을 보고, 그리고 가능하다면, 몇 마디 올바른 말을 해야 한다"라고.

이것을 사랑하는 커플들이 함께해 나가면 친밀함이 강해질 것이다. 상대의 마음과 자신의 마음에 어린 힘과 아름다움을 발견하고 더 많은 사랑이 깃들기를 기도해 보라. 이런 영적인 흙 속에서 일구는 사랑은 더욱 울림이 크다.

말랑말랑한
사랑의
상상력이
그리워

밤하늘의 노란 달이 손을 뻗으면 닿을 듯 가깝게 느껴진다. 모처럼만에 갖는 편안한 밤 시간. 많은 일로 분주했다가 비로소 편안해졌다. 온몸을 부드럽게 감싸는 밤기운과 달 바람을 느낀다.

내가 저 달과 연결된 느낌은 바로 바람 때문이었다. 오드리 헵번이 부른 노래 〈문 리버〉를 틀어두고 따라 불러본다. 노래를 부르면서 달과 해를 가슴 가득 품으면 그윽한 마음이 된다.

말할 수 없이 외롭고 절망스러울 때 음악을 듣거나 시를 읽고 그림을 보면 몸이 가뿐하다. 그리고 나만 힘든 게 아니라는 동질감을 느껴 기운을 얻는다. 그렇게 예술은 상처 많은 삶을 치료하고 뜨거운 영감의 에너지를 준다.

달과 노래로 인해 다시금 기운이 샘솟는 이 밤, 후배 정연이와 나눈 이야기가 떠올랐다. 나는 그녀에게 태어나 처음 접한 예술이 무엇이었냐고 물었다.

"음악회였는데, 잤어요. 너무나 지루해서……"

그녀의 솔직함에 웃음부터 나왔다.

"혹시 악기를 다룬다면 나는 저렇게 지루하게 연주하지 않을 텐데, 라고 생각했어요. 미술은 좋아해요. 저랑 잘 맞아요. 귀의 만족보다 눈이 즐거운 게 더 좋아요. 음악은 쉽게 터치할 수 없지만 미술은 몰래라도 만질 수 있잖아요. 그 미묘한 스킨십이 즐거워요."

"운우지정雲雨之情처럼?"

"섹스요?"

나의 질문에 그녀는 야릇한 미소를 띠었다. 잠시 감성을 자극하고 안정감을 준다는 점에서 예술과 섹스는 공통분모를 지녔으리. 그녀는 짓궂은 나의 질문에 솔직하게 답했다.

"음, 그런데 좋아하는 사람과 섹스를 해도 어느 시기가 지나면 공허해져요. 개운치 않은 기분이 들어요. 라면 먹고 나서의 컵을 볼 때의 느낌. 제 모습이 그 기름기 가득한 컵처럼 느껴져요. 섹스 체위를 바꾸어도 마찬가지에요."

그녀의 말이 재미있어서 나는 더 가까이 다가가 귀를 기울였다.

"그런데 예술은 무한정 자유롭죠. 정의를 내리지 않아도 좋고, 감상을 제멋대로 즐겨도 되잖아요. 백 퍼센트 주관적인 해석이 바로 예술이지요."

사랑하는 이와의 운우지정이 아무리 즐거워도 8시간 이상은 쉽지 않다. 나이가 들수록 더욱 그렇다. 육체적 탐닉 그 자체만으로는 지치고 공허하다. 그러나 예술 감상의 즐거움은 끝이 없다. 8시간이 아니라 그 이상을 즐겨도 지루하지 않다.

실제로 섹스와 예술은 공통점이 많다. 그러나 섹스 그 자체가 예술을 감상하려는 욕구를 자극하지는 않는다. 그러나 예술은 섹스의 욕구를 일으킨다. 감각적인 소설, 시나 영화를 볼 때 연인의 몸과 만나고 싶은 욕구가 바로 그것이다. 예술이 주는 영감과 황홀감으로 감각은 예민해지고 물오른 감성은 충만해진다.

그러니 우리가 더욱 에로틱한 사랑을 더욱 풍요롭게 누리기 위해서라도 예술에의 탐구, 지적인 탐구, 상대방의 생각을 알려는 노력이 또한 필요하다. 후배는 다시 말했다.

"언니, 저는 섹스보다 예술 감상이 더 좋을 때가 있어요."

밤이면 유난히 붉어지는 카페의 등불 아래서 녀석의 마음을 건드리면 질펀한 사랑 이야기가 터져 나올 것만 같았다. 아무리 움켜놓은 비밀이 많아도 사랑 안에서는 하나의 내음으로 모아진다. 굳이 말하지 않아도 느낌으로 아는 것이니 더 이상 묻지 않았다.

나는 늘 사람들이 무슨 생각을 하는지, 무얼 꿈꾸는지 궁금하다. 직업상의 이유도 있고, 또한 살아 있는 의미는 동시대인들의 고뇌, 감정, 꿈속에서 피어나기 때문이다.

거기서 내가 알고 느끼고 꿈꾸는 것을 함께 나누기 위해 『나의 아름다운 창』과 『너무 매혹적인 현대미술』 같은 예술 에세이를 쓰기도 했다. 세계 최고 미술가들의 삶과 작품을 접하면서 나는 다음과 같은 유익을 구할 수 있었다.

1. 인생을 더욱 열렬히 사랑하는 법을 배우기.
2. 고정관념을 벗어난 창의적인 생각 키우기.
3. 뻔한 규격품으로 살지 않기.
4. 남의 개성도 존중하며 나의 개성을 가꾸고 성장하기.
5. 자기 꿈과 사랑에 올인하는 태도 배우기.
6. 동시대의 가장 첨예한 감성과 시간과 공간을 느끼기.
7. 시대의 흐름과 미래의 흐름을 읽기.
8. 영감과 힌트를 얻기.
9. 예술적 안목과 지식을 쌓고 생각할 시간을 갖기.

예술 감상도 결국 자기 치유와 성장이다. 또한 감각의 연마와 센스 키우기다.

주변을 둘러보라. 예술은 생각보다 가까운 곳에 있다. 자기도 모르는 사이에 접하게 되기도 한다. 길을 걷다 우연히 들른 미술관에서 뜻하지 않게 멋진 작품을 만날 수 있다. 예술을 향유하기 위해 좀 더 적극성을 보이면 삶이 훨씬 풍요로워진다. 말랑말랑해진 감성은 사랑의 갈망과 능력도 확장시킨다. 감성이 빛나면 눈빛도 반짝반짝 빛난다. 피부도 윤기가 자르르 흐른다. 한마디로 매력 덩어

리가 된다. 그래서 어느샌가 매력적인 지성인이 된 자신의 모습에
큰 기쁨을 느끼게 되리라.

3… 불타는 세상에
지루한
구두를 던져라

일.상.의. 보.물.찾.기.

다
마음먹기
나름이야

전 생애가 문을 열고 닫는 일의 연속이고
햇빛에 매달린 작은 물방울처럼
이 작은 기쁨에 매달려 사는 것 같다
오늘은 그 소소함에 파묻혀
사라지는 시간이 아프지 않다
-〈베이징의 밤〉中에서

비가 그치자 한결 부드러워진 바람을 좇아 산책을 갔다. 살구나무 아래서 아주머니들이 술 담글 살구를 줍고 있었다. 그때 생각했다. 뭐든 주워야 한다고. 살구든 꿈이든… 힘든 이 땅에 희망이 될 모든 것을.

지난 4년간 이 길을 지나다니면서도 살구 열린 것을 못 보았다. 인생은 뒤늦게 발견하는 게 참 많구나 싶다. 뒤늦게라도 새로운 발견과 깨달음이 있다면 복이겠지.

어떤 아저씨가 나무를 흔들어주셨다. 나도 열심히 살구를 봉지에 주워 담았다. 얼마나 신나고 재밌던지. 무농약 열매라서 손끝에 쥔 감촉이 싱그러웠다. 횡재한 이것을 얼른 딸에게 안겨다 주고 싶었다.

어미 혼자 키우는 결손가정에서 나는 점점 양육의 왕비가 되는 느낌이 든다. 괜찮다. 여기서 내가 결손가정이라 얘기함은 전혀 콤플

렉스가 없단 뜻의 유머다. 누구나 결핍이 있고, 불완전한 존재니까. 내 상황을 인정하고 들어가면 훨씬 사는 게 편하다. 누가 나보고 멍청하다 하면 "그래, 나 멍청해, 어쩔래" 하고 대꾸해라. 그러면 아무 말도 못하리라. 다 생각하기 나름이고 마음먹기 나름이다.

경제적인 문제로 인해 분명 스트레스는 있지만, 점점 나아질 거란 긍정적인 생각으로 살아왔다. 실제 뭐든 더 나아질 것이다. 부와 가난의 차이는 물질이 아니라 정신의 차이다. 가난과 고통을 짊어지려고 태어난 이는 그 누구도 없다. 다만 삶이 빈곤함을 당연한 듯이 여겨 체념하고 산다면 문제겠지. 가난으로 고통을 받는다면 마음을 바꿔보라. 혹독한 가난 속에서도 영혼을 잃지 않는 이가 있다. 역시 마음의 문제이리라.

나는 일상의 사소함 속에서 횡재의 기쁨을 누리고 살려고 애쓴다. 얼마 전 꽃집에서 만 원 하는 오색 맨드라미 화분을 3천 원에 사는 횡재, 이사 갈 돈에 이자가 붙어 횡재, 중고 프라다 가방을 3만5천 원에 사는 횡재. 단골 까페 앞 의자에서 본 서녘 해가 오렌지같이 얼마나 예쁘던지 이것도 횡재. 아름다운 것들만 보면 이상스레 제 몸에 푸른 물드는 신나는 횡재. 학교에서 '책벌레'라는 별명을 가진 내 딸이 잘난 척을 할 때마다 횡재란 푸른 물결이 출렁거린다. 꿈에서도 못 만나는 어머니. 오늘따라 유난히 추억이 너울거려 횡재 대박이다. 꿈에서도 못 만난 어머니라 몹시 슬프던 참이었다.

많이 가지면 뭐하나. 신경 쓸 게 많아지고 지키느라 힘들 텐데.

나는 많이 소유하기보다 아주 재밌는 인생을 꾸리고 싶다. 생활 속을 가만히 보면 횡재의 기쁨 주는 것들이 하나 둘이 아니다. 수첩에 메모해둔 『도덕경』에 있는 아래 대목은 횡재의 울렁거림을 준다.

내가 소중히 여기는 보물 세 가지가 있지,

헤아릴 수 없는 사랑,

검소,

그리고 누군가를 가르치려 들지 않는 것,

이 글을 찬찬히 되새김질한다. 느끼고 깨우치는 기쁨은 연기처럼 잔잔히 번져간다. 아, 헤아릴 수 없는 사랑이란 말 퍼짐이 기분이 좋다. 살구나무를 흔들 때처럼, 떨어진 살구를 손에 쥐었을 때의 기쁨처럼 따스한 기운이 퍼져든다.

그리고 누군가를 가르치려 들지 않는 것. 있는 그대로 받아들이겠다는 말이다. 그 자연스러움을 사랑하겠다는 다짐이다. 또한 검소함. 자발적인 가난이 아니던가. 내가 가진 것을 남과 나누려는 가난으로 나아가는 힘. 이 문장이 내 가슴에 뿌리를 내리고 가지를 뻗어 살구처럼 열매를 맺는다. 『도덕경』은 내게 얼마나 즐거운 횡재인지. 『도덕경』을 펼치며 사는 인생. 이 또한 횡재이리.

옷은
내 슬픔을
감싸네

저녁 하늘을 곱게 물들이는 연분홍빛 원피스를 만져본다. 옷은 매혹적이다. 알몸으로 왔다가 알몸으로 갈 뿐인 사람의 몸을 다채롭게 바꿔간다. 새옷을 살 때면 마치 못가본 곳을 가는 듯 가슴이 들뜬다.

고등학교 시절, 형제가 많아 차비 외에는 용돈 타기도 힘들었다. 그런 형편에서 나만의 옷을 사 입는 건 상상할 수도 없었다. 그래서인지 나는 예쁜 옷에 대한 갈망이 참으로 컸다. 그 열망을 풀고 싶어서 중학교 때 장래희망이 의상디자이너인 때도 있었다. 뭐든 만드는 일이 좋았다. 초등학교 때는 나무만 있으면 무슨 물건이든 만들었다. 천만 있으면 옷이나 도시락 주머니, 보조가방을 만들었다. 어머니가 안 입는 옷은 고쳐 입고, 이불하고 남은 천으로 옷을 재단해 보기도 했다. 옷감은 바람 같아서 만지는 촉감도 야릇하다.

스무 살 넘어 어렵게 공돈이 생기면 옷을 샀다. 혹시나 닳을까봐 특별한 날에만 입으려고 아끼던 옷도 있었다. 명품은 꿈꿀 수도 없었다. 주로 저렴하면서도 느낌 좋은 옷을 입었다. 그러다 중저가 명품을 입게 된 서른 살이 기억난다. 시인으로 등단한 해였다.

어머니가 중저가 명품점을 돌다 회색 재킷과 정장을 사주셨다. 그때 주인이 돈을 세서 건네는 어머니께 이런 말을 하였다.

"이렇게 큰 딸의 옷을 사주다니, 어머님이 대단하시네요."

"얘는 시인이야요. 가난해서 내가 여력이 될 때 사줘야 해."

평소 때 안 쓰시던 이북사투리를 쓰셨다. 지금도 그 말이 내 가슴에 강렬하게 박혀 있다. '시인이야요' 이 말에 이어지는 어머니의 고운 모습까지, 환하고 영롱한 햇살 속에서 하나의 정겨운 그림이 되었다. 어머니가 사준 옷은 20년이 지난 지금도 옷장에 고스란히 남아 있다. 색은 바랬으나, 그래도 명품이라 디자인과 색깔은 여전히 맵시가 있다. 이렇게 옷에는 참으로 많은 추억이 깃들었다.

옷을 사는 일은 돈과 시간을 투자하는 일이다. 수없는 시행착오를 거쳐야 맵시 있는 자신으로 완성된다. 나는 집 근처의 도서관을 가더라도 아무렇게나 입고 다니지 않는다. 옷은 그 사람의 품위를 결정한다. 마음가짐을 다르게 한다. 심지어 운명까지 바꾸기도 한다. 나는 대학 때부터 옷 스타일이 유니크하다는 말을 많이 들었다. 색깔부터 보랏빛, 푸른빛, 분홍빛에 단정하면서 모던한 디자인들을 선호한다. 치렁치렁한 옷들은 별로 좋아하지 않는다.

엣지 있는 옷을 입으면 속으로 스며드는 바람조차 신선하다. 나는 '옷은 날개'라 생각한다. 그래서 아무 옷이나 입으면 어떠냐는 말은 내게 게으름이다. 물론 몇 벌 안 되는 옷을 바꿔 입고서도 '간지' 넘치는 매력녀와 매력남들도 봤다.

최근에 옷을 바꿔 인생이 달라진 어떤 예술가 이야기를 들었다. 세련미라고는 도대체 없던 여자가 옷을 바꿔 세련미와 자유스런 매력까지 자아내어 변화된 이야기. 옷을 갖고 놀게 되어 그 사람의 매력이 돋보이는 경우다.

옷을 갖고 놀다, 나는 '논다'는 표현이 참 마음에 든다. 뭐든 놀려고 들 때 '끼'가 샘솟고, 자신이 더 자유롭게 표현된다. 저마다 매력은 다 있다. 옷은 좀 더 진한 매력의 꽃을 피워낸다. 내면까지 발견되고 해방감까지 주는 옷차림. 어떤 정신적 속박까지 떨쳐낸다면 더없이 좋다. 옷을 통해 자신만의 매력이 발산되면 뜻하지 않은 여러 가지 행운까지 찾아든다.

혹시 자신의 풍부한 내면이 밖으로 드러나지 않거나, 매력이 부족하다 느끼거나, 아무 일도 되지 않으면 옷을 가지고 신나게 놀아보라!

자 . 신 . 의 . 흔 . 적 . 남 . 기 . 기 .

네
자신을
남겨라

나를 깨우치는 글귀를 노트에 옮겨 적곤 했다.
간간이 떠오르는 단상도 메모했다.
그렇게 모은 노트가 열다섯 권. 깨알 같은 글씨,
그 뜻 깊은 글귀들이 그냥 버려지는 것이 아니었다.
몸 속에 마음 속에 잠재의식 속에 내 사고 방식을 만들며
더없이 풍요로운 영적 세계를 가꿔주었다.
－「내 서른 살은 어디로 갔나」 中에서

나로부터 멀리 나아갈수록 나는 나 외에 아무것도 아님을 깨닫는다. 어딜 가도, 누구를 만나도 돌아오는 길에 나 혼자뿐임을 쓸쓸해한다.

해 지는 분홍빛 하늘이 그날따라 더욱 아름답거나 바람이 불면 더욱 가슴이 아팠다. 그럴 때 뭔가 끼적거리지 않고는 못 배긴다. 바람 빠진 풍선처럼 스러지기만 하는 인생을 조금이라도 살찌우고 싶다.

"나는 매일 참으로 뜻깊은 인생을 살고프다. 흘러가는 순간에 담긴 경이로움, 기쁨과 아름다움과 당혹감, 깨달음, 슬픔과 괴로움까지 섬섬옥수 다 느끼고 느낌을 간직하고 싶다."

언젠가 건강하게 살고 싶은 간절한 바람으로 또박또박 수첩에 써

놓은 글이다. 다시 보는 이 글이 매일 가슴을 울리고, 순간순간을 알차게 살리라 마음에 되새기게 한다.

비 내린 후의 하늘은 더없이 푸르고 맑다. 새들이 나는 아득한 하늘을 올려다본다. 메모 한 장, 일기 하나라도 쓰지 않으면 나에게 그날은 없다.

"에라, 모르겠네. 죽을 때 뭐 하나 남지 않고 죽을 텐데 될 대로 되라지" 이런 식의 체념과 포기와 의지로 똘똘 뭉친 '울트라' 낙천주의자라면 몰라도, 누구든 자신의 흔적을 남기고 싶으리라. 사진을 찍는 사람들이 늘어나는 것도 자기 흔적을 남기고 싶은 욕망 때문이다.

자신의 생각을 글과 사진, 낙서, 대화로 바꿔보기. 생각은 김이 다 빠진 맥주처럼 금세 사라진다. 자신의 기억력을 믿었다간 큰 낭패를 본다.

틈틈이 메모하기. 사람들 이야기나 자신이 본 영화에서 인상 깊던 장면, 읽고 있던 책 속에서 성장에 도움이 될 글들을 메모하고, 수첩들을 모아보기. 훗날 그 많은 세월은 수첩으로 남게 된다. 그 수첩을 훑어보는 재미도 인생의 낙이다.

나는 사람들이 무슨 생각을 하며 무얼 감추고, 무슨 고민을 하며 사는지 궁금하다. 누구나 비밀을 가지고 있다. 그 비밀을 친구 한두 명 정도는 알고 있다. 혼자 알고 무시할 균형감 있는 지혜가 있다면 그나마 다행이다. 그러나 나눌 친구조차 없다면 메모와 일기로라도

풀어야 한다. 그러지 못한 사람들이 많다면 개인뿐만 아니라 사회
적으로도 큰 문제가 될 수 있다. 나는 정신과 의사인 남동생의 말에
깊이 공감한다.

"성적 억압으로 생긴 개인의 욕구 불만이 모이면 사회적 불안으
로 확대된다. 꼭 성적 억압만이 아니라 인간의 다양한 본능이 예술
적 혹은 개인적인 표현으로 승화시킬 여건이 이루어져야 사회가 안
정된다."

비단 성적인 고통과 비밀이 아니어도 좋다. 그밖에 또 다른 비밀
을 자기만의 일기나 편지로 써보라. 그러면 자기 안에 감춰진 열정
을 발견하게 되리라. 그동안 고통스럽거나 괴로웠던 것을 누설함
으로써 마음의 평안함을 얻을 수 있다. 치유의 기쁨을 얻게 된다.
한 개인의 치유만이 아니다. 결국 건강한 사회를 위한 집단 치유도
된다.

나는 시를 써보라고 권하고 싶다. 시인이 되려는 목적 없이 단순
하게 써보라. 운율, 리듬은 생각하지 말고, 편안히. 어설퍼도 좋다.
누구든 처음에는 미숙하다. 그냥 자연스럽게 이미지, 추억의 순간
들, 스쳐지나가는 느낌을 적어 보라. 좋아하는 것들, 창에서 내다보
이는 풍경, 사랑하는 이들의 미소, 새가 날거나 비와 눈이 내릴 때
짧은 생각들을 메모해 보라. 시간이 더 나면 메모를 시로 만들어 보
라. 그럴 때 반드시 최고로 잘 쓴 시들, 좋은 시인의 시들을 읽고 영
감을 받아 보라. 억압된 욕망과 괴로움을 훌훌 털면 새로운 삶의 의

욕이 생기리라.

　내 가슴속의 얘기를 얼마나 솔직히 표현할 수 있을까. 나는 읽던 책의 뒷면 간지에 메모를 하기도 하고 단상을 남긴다. 써 놓고 잃어버리기도 하지만 잘 간직했다가 창작의 재료로 쓰기도 한다. 얼마 전, 청소를 하다가 언젠가 헨리 나우웬의 책 맨 뒷장에 써놓은 나의 단상을 발견했다.

　오랜만에 비가 오니 답답한 가슴이 뻥 뚫리는 것 같다. 살아 있는 건 많은 걸 잃는 거라 각오하며 살아도 힘들고 숨 막힐 때가 있다. 어머니가 돌아가신 후 형제도 멀게 느껴진다. 신앙심이 강한 형제들과 달리, 열심히 신앙생활을 못해 더욱 그런 것 같다. 외국에 있는 딸도 그리워 가슴이 먹먹하다.

　가는 비가 내리는 깊은 밤 천애고아의 심정으로 동네 한 바퀴를 달렸다. 더는 돌아갈 곳도, 의지할 사람도 모두 사라진 것처럼 슬퍼서 달렸다.

　"참 밥이 맛있다"라고 얘기하면 웃는 얼굴로 대답해주는 사람이 있고, 같이 밥 먹을 사람이 있다는 사실이 얼마나 그리운지. 우리가 깨어지고, 연약하고 외롭고 죽을 수밖에 없는 존재임을 알기에 그런 따뜻한 순간이 얼마나 그리운지.

　점점 자신을 드러내지 않으며 고요히 아름답게 사는 것이 좋다. 있는 듯 없는 듯 살다 가는 것도 괜찮다. 말해지지 않고, 말할 수 없는 것들이 얼마나 많은지. 감춰진 사실도 굳이 알지 않고, 알고 싶지 않고, 알아도 눈감아주고, 나를 드러내지 않고 조용한 삶이 그립다. 그런 평범함과 감사하는 마음속에서 사랑하는 이와 현재를 살 수 있다면.

남들에게 당연하게 주어진 일들에 대해 감동하며 눈물을 글썽인다. 생각이 많은 채 눈을 들어 창문을 가득 채운 밤하늘을 올려다본다. 나는 큰숨을 쉰 후 헨리 나우웬의 글을 다시 읽었다.

"어떤 기도는 전에는 한 번도 해본 적이 없던 것이었고, 어떤 기도는 고통과 고뇌 가운데 있는 사람들이 수세기 동안 반복해왔던 것이었습니다."

나의 바람도 수세기 동안 수많은 사람들이 지녔던 바람이며, 이 순간, 외로운 누군가의 열망이리. 눈을 들어 창을 보니 빗줄기가 세졌다. 빗방울이 창문을 거칠게 두드리고 있었다.

외.로.울. 때. 책.읽.기.

매일
한 쪽씩
책을 읽어

하루하루가 온통 알고 깨닫고자 하는 열정으로 들끓는 삶
생각만 해도 가슴이 떨린다. 옛 선비처럼 마음을 갈고 닦아
자연의 이치를 깨닫고 내적 풍요와 지혜의 극치를 맛보고 싶고,
그들 만한 사유와 깊이를 갖고 싶다.
－「시간 창고로 가는 길」中에서

"낭비된 인생이란 없어요. 우리가 낭비하는 시간이란 외롭다고 생
각하며 보내는 시간뿐이죠."

언젠가 들었던 이 말이 가슴에 날아와 새겨진다. 외롭다는 생각만
으로 허비한 시간이 얼마나 많았던가. 어제도 그제도 허비한 시간들
이 있었다. 이제는 안다. 독립적인 사람이 되어야 어떤 어려움과 외
로움도 잘 견딘다. 또한 타인도 넉넉히 품을 수 있다. 그래야 현재의
시간 속에서도 탄탄히 뿌리를 내릴 수 있다. 그 실질적인 힘이 어디
서 나오는가. 나는 그 힘을 책에서 받았다고 고백하고 싶다. 토마스
제퍼슨은 이렇게 말했다.

"우리를 명상과 창조적인 상상과, 현재에 머물게 해주는 세상의
은총 중에서 가장 효과가 큰 것이 아마 책일 것이다."

또한 그는 책 없이 살아갈 수 없다고 말했다. 하지만 요즘 현대인

들은 대부분 먹고 살기도 바빠 책 읽을 여유가 부족하다. 그래서 얼마나 읽었느냐보다 하루에 한 쪽이라도 책을 읽으려는 마음자세가 더욱 중요한 게 아닐까 생각해본다.

나의 아버지는 책을 참 좋아하신다. 어머니 돌아가신 후 홀로 계신 게 마음이 쓰여도 늘 책과 가까이 하시니 마음이 놓인다. 칠순 중반이신데도 서점을 자주 찾고 신간들을 살펴보신다. 책을 사서 매일매일 한두 쪽이라도 읽으신다. 내 책이 출간되면 어김없이 단골 서점에 들러 책이 잘 나가나 확인하고 알려주신다. 작년에 네 번째 시집이 막 출간되었을 때였다. 아버지가 전화를 하셨다.

"이번에 나온 네 시집 제목이 뭐냐?"

"'침대를 타고 달렸어' 예요."

"거 제목이 이상하네……. 친구들한테 뭐라고 하지?"

"아버지, 저는 매일 침대 타고 달리고 날아다녀요. 나비랑 꽃이랑 물고기도 저를 막 쫓아다녀요."

나는 웃음이 터져 나왔다. 쓸쓸한 마음에 온기가 퍼져갔다.

아버지는 젊은 날, 십 년 동안 시를 쓰셨다. 늘 월부로 책을 사들였던 아버지. 그 월부 대금은 늘 어머니가 갚으셨다. 사놓고 읽지 않은 게 태반이라도 책을 사랑하는 아버지가 존경스러웠다. 덕분에 그 뚱뚱한 도스토예프스키 전집과 일본문학 전집을 읽는 행운이 내게 있었다. 가끔 생각한다. 외로움을 잘 타는 내게 책이란 친구가 없었다면 지상의 날들을 어찌 견뎠을까 하고.

사랑의 시를 음미하고 싶은 지금은 가을이다. 나는 책을 읽으며 가을을 견딘다. 며칠 전 어느 라디오 방송에서 독서캠페인을 한다고 리포터가 찾아왔다. 그때 이런 내용을 녹음했다.

"요즘은 금방 버려질 인터넷 정보에 많은 시간을 보내다 보니 모두 깊이 생각하고 깨우칠 사색의 여유가 없어 보입니다. 컴퓨터를 멀리 하고 독서에 시간을 내면 인생이 달라집니다. 인터넷 정보와 시와 소설은 근본적으로 다릅니다. 이내 버려지는 정보와 달리 시와 소설은 은유나 상징 같은 비유로 되어 한 번 더 생각하게 하고, 인생의 깊은 성찰로 이끕니다. 습관적인 인터넷 사용을 줄이고 단 한 권을 읽더라도 최고의 문학작품을 선택해보세요. 한 권 두 권 읽던 시간들이 쌓여 어느새 당신은 지적이고 멋진 사람이 되어 있을 겁니다."

그렇다. 가장 확실한 창조적인 자기계발은 독서다. 현재와 미래를 통찰하고 좀 더 성숙한 사람이 되기 위해 나는 책을 읽는다. 단순히 돈을 벌고 먹고 살기 위해서가 아니다. 인생을 즐기고 재밌게 살기 위해서 책을 읽는다. 시인이나 음악가 예술가만이 창조적인 삶을 살아야 하는 것은 아니다. 가장 큰 기쁨을 얻을 것에 집중하여 마음을 쓰면 된다. 인생의 끝없는 가능성을 맛보며 희열감에 젖기. 책이야 말로 그런 성장의 가장 확실한 자양분이다.

실패를 온몸으로 해봤던 내 경험으로 보면 젊은 날에는 무조건 책 읽는 습관 들이기가 중요하다. 책을 읽으며 인생은 무엇이며, 내가 왜 살고, 무엇을 하고 싶은지, 어떻게 살까?를 계속 질문하길 바란다.

일류대 미대 서양화과 진학 꿈을 갖고 재수하다 결국 응용미술 계통으로 학교를 한 학기 다니다 말면서 깨달은 건 '진정한 일류는 무언가'에 대한 질문이었다. 이후 내가 무식하구나, 하는 깨우침으로 국문과를 선택하였다. 우리 문학을 제대로 알고 싶었고 잔뜩 책이나 읽어야지, 하는 순수한 동기로 대학을 들어갔다. 그 당시 나는 일류 대학 출신 애들보다 더 나은 실력을 쌓겠다고 모질게 다짐했다. 하지만 입학해 보니 어떤 책이 좋다고 알려주는 선배조차 내겐 없었다. 책 한 권 한 권씩 구경이라도 하겠단 마음으로 무조건 닥치는대로 읽기 시작했다.

나는 젊은이들에게 어리석은 방식의 취직 시험에 매달리지 말고, 자기 영혼, 자아를 찾기 위한 독서를 권하고 싶다. 자아 찾기를 위한 세계문학전집 등 기본적인 독서부터 말이다. 시, 소설, 미술작품 속엔 역사문화, 자기계발적 요소가 가득 있다. 전시, 음악 등 두루 예술 감상 등을 통한 통합적 안목 키우기도 중요하다. 동기가 순수하면 오히려 얻는 게 더 많다. 취직 공부도 오히려 이 방법이 지름길이라 본다.

'나의 문화는 독서를 통해 형성되었으며 그것이 내가 세계에 대해 배울 수 있는 방법이었다'라고 말한 미술가 겸 사진작가 존 발데사리의 얘기는 참 명언이다. 열린 감성과 예리한 감각을 키우기 위해서 다양한 문화를 알아야 하는 건 당연한 이치이다. 앎이란 먼저 알고 늦게 아는 것 차이일 뿐이다. 잘 모르는 부분은 뛰어넘으면서 감을 잡아가는 방식으로 시작해보자.

집안 곳곳에 책을 두어 한 권 한 쪽씩 읽어가자. 책은 주머니에, 가방에, 자동차 안에, 욕실과 부엌 침실에 두고 틈나는 대로 읽으면 된다. 읽고읽고 또 읽으면서 마음에 드는 곳은 밑줄을 치고 여백엔 나름대로의 글을 적기. 그러면 어느 순간, 그 책은 자신에게 성장과 성공을 위한 더없이 귀한 선물이 될 것이다.

나는 순수하고 우직한 사랑의 마음처럼 꾸준히 탐구하고 밀고 나가면 반드시 힘든 현실을 이기고 승리한다고 믿는다. 물론 우직하게 밀고 나가는 인내심을 갖기가 쉽지 않다. 하지만 무엇 하나 쉬운 건 없다. 그래도 내 마음, 내 몸 하나 잘 다스려 공부에 몰두하는 건 생각보다 어렵지 않다. 주변에 보면 아무리 청소년기에 딴짓 하고 놀았더라도 철이 들어 공부가 필요해서 꾸준히 한 경우는 꿈은 다 이루더라. 비록 시간이 걸리더라도…… 어떤 분야에서든 누구든 그렇다. 꾸준함의 힘은 그만큼 중요하다.

휘청거리고 울먹이면서도 꾸준히 노력하는 친구들을 나는 믿는다. 틀림없이 스스로 잘 해낼 수 있음을.

황혼의 나이에도 여전히 책을 읽으시는 아버지를 보며 배우는 데는 늙고 젊음이 없음도 느낀다. 나도 죽을 때까지 배우고 공부할 것이다.

불타는
세상에
지루한 구두를
던져라

매운 바람이 불고 춥기만 했던 나의 이십대 후반. 취직도 안 되고, 친구도 애인도 없었던 서글픈 잉여인간의 시절이었다. 자괴감과 슬픔을 이기기 위해 나는 틈틈이 책을 한 권씩 독파해나갔다. 그때 모든 책들은 어둠 속에 켜지는 등불이었다. 온몸이 스펀지처럼 열려 책의 바다를 한꺼번에 빨아들였다.

간간이 그 혹독했던, 하지만 풍요롭던 나의 백수시절이 그립다. 그 시절로 돌아간다면 나 자신에게 새로운 인생을 주고 힘차게 다시 시작하고 싶다.

무라카미 류는 말했다. "이 세상에는 두 종류의 사람밖에 없다고 생각한다. 그것은 '훌륭한 사람과 보통 사람'도, '부자와 가난뱅이'도, '나쁜 사람과 좋은 사람'도 아니다. 그것은 '자신이 좋아하는 일을 하며 사는 사람과 그렇지 않은 사람'이다"라고. 그 말에 나도 동의한다. 무언가를 좋아하면 호기심이 일어난다. 호기심이란 이 세계가 무엇인지, 내가 누구인지 질문하고 알아가는 원동력이다.

요즘 젊은 세대는 어떤 고민을 하며 살아갈까. 그들은 어떤 것에 호기심을 느끼며 어떤 일을 좋아할까. 그 일 속에서 자신의 어떤 모습들을 발견할까.

얼마 전 대학생들이 주로 읽는다는 웹진의 기자와 인터뷰를 했다. 기자는 내게 말했다. 시는 문학의 기초이자 모든 예술의 기본인데, 지금의 대학생들에게 시는 먼 나라의 이야기나 뜬구름 잡는 소리로 생각할 뿐이라고. 그러면서 좋은 시 한 편을 외우기는커녕 가슴에 담아두지도 않는 대학생들을 위해서 조언을 들려달라고 했다.

나는 우선 내가 어떻게 시인이 되었는지에 대해 들려주었다. 이제 돌이켜보니 나는 처음부터 시인이 될 운명이었던 것 같다. 원래는 화가가 되고 싶어서 미술대학 진학을 준비했다. 그러다가 우여곡절 끝에 결국 국문과를 졸업하게 되었다.

언제나 끊임없이 샘솟는 감정들과 내면의 이야기들을 담으려는 욕구들이 나를 시인으로 만들었다. 워낙 사춘기 때부터 시를 좋아했다. 그러다가 대학 시절에 우연히 어떤 시 한 편을 보았는데, 이것보단 내가 더 잘 쓰겠다는 생각으로 시를 쓰기 시작했다.

시작詩作이 처음부터 그리 만만치만은 않았다. 고시공부를 하듯 십 년이라는 시간을 시에 쏟아 부으니 무언가 보이기 시작했다. 시인이 되기까지 보냈던 이십 대 시절. 다시 돌아보니 젊은이들에게 당부하고픈 말들이 떠올랐다. 인터뷰에서 나는 이런 말을 했다.

"아르바이트 하지 마세요. 하더라도 한두 번 이상은 하지 마세요. 물론 어쩔 수 없는 경우는 시간 조절을 잘 해보세요. 대학 시절에 부모님께 기대는 한이 있더라도 책 읽고 탐구하세요. 시력 좋고 기운 좋을 때 미친 듯이 공부하세요. 그때가 아니면 집중적으로 공부할 시간 드무니까요. 세상을 온몸으로 끌어안고 꿈꾸고 탐구해도 모자를 시간이에요."

나의 대학 시절과 비교하면 요즘 대학생들에게 시가 갖는 의미는 예전 같지 않다. 나의 시집만 해도 독자들은 베스트셀러 시집만 기억하고 추억한다.

"도대체 시라는 장르에 어떤 매력이 있기에 과거 우리들은 그렇게 시에 열광했을까요?"

기자는 시의 매력이 무언지 내게 물었다. 나는 대답했다.

"시는 당장 물질적인 도움을 주거나 인생을 바꿔주진 않지만 모든 예술의 기본이에요. 우리 마음과 영혼을 천천히 바꿔가는 큰 힘이 있어요. 시는 자신의 영혼을 지켜주는 하나의 버팀목과 같아요. 바람이 불면 유유히 흔들리고 나비도 쉬었다가는, 그런 사람다운 삶을 살게끔 지탱해주는 원동력이죠. 또한 시는 무한한 상상력과 창의력의 보물창고죠."

시는 특성상 간결한 표현을 위해 압축과 생략, 비유를 들어 쓰게 된다. 이것은 곧 작가의 상상력과 창의력이다.

인터뷰를 하다 보니 예전에 어느 대기업의 면접관으로 참석했을 때의 기억이 떠올랐다. 그때 면접을 보러 온 대학 졸업 예정자들을 보면서 시가 젊은이들에게 꼭 필요하다는 사실을 새삼 깨달았다. 아무리 학벌과 외모가 뛰어나도 하고 싶은 말을 압축시켜 인상깊게 표현하지 못하면 결과가 좋지 못했다. 결국 표현력이 좋고, 상상력이 풍부한 학생들을 뽑을 수밖에 없었다.

최고의 상상력을 지녔다고 칭송받는 『어린왕자』의 작가 생텍쥐페리가 어렸을 때, 형제들과 주로 했던 놀이는 바로 '시 짓기 놀이'였다.

인터뷰 말미에 나는 말했다.

"어설픈 예술은 독자의 감각을 타락시킨다."

그러니 창작자들은 대단한 각오와 책임감을 가지고 작업해야만 되리라. 사람의 영혼을 움직이는 일이므로.

그 누구라도, 초등학교만 나온 사람이라도 좋은 시집 삼십 권만 읽으면 시에 대한 안목이 생기고 애정이 생긴다. 시집을 읽다보면 또 다른 책들이 눈에 들어온다. 그러다보면 시집 외에도 다른 책까지 읽게 된다. 스킨십이 사랑을 더욱 깊게 해주듯이 시와 책과의 스킨십도 인생을 깊게 해주리라. 그리하여 거기서 엄청난 상상력과 창조력을 얻을 수 있으리.

눈을 보고 마음을 전하듯, 좋아하는 시로써 마음 전하는 일도 매력적이다. 시를 못 써도 좋은 시를 인용해 자신의 마음을 전하는 젊은 친구들이 많았으면 좋겠다. 나도 좋아하는 시와 책을 읽으며 치열하고 재밌게 살고 싶다. 시를 읽고 쓰면서 포기하지 않고 끝까지 가는 선수정신을 익혔듯이.

일으켜세우는
손

오늘 날씨가 참 좋다. 이 기쁜 하루의 시작. 매일 이렇게 환하고 아름다운 해가 뜨니 참 신기하다.

"하늘을 올려다보면 너부터 찾을게. 오늘도 빛나줘. 고마워."

해님에게 나는 윙크했다. 아침 식탁을 차린다. 이사 와서 나는 요리에 재미가 들렸다. 지금 집은 일하기 참 편하게 되어 있다. 예전 조선시대 주방 자리가 아니었나 싶게 요리에 구미가 당긴다. 자식의 성장을 위해서, 또한 언젠가 내 짝을 위해서 음식 만들기를 잘해야 한다.

요리는 무척 창의적인 작업이다. 최근 잃어버렸던 도깨비 방망이처럼 생긴 주서기를 찾았다. 그래서 식생활이 간단하고 풍요로워졌다. 마늘을 갈아 국에 넣고, 과일도 씻어 드르륵 드르륵 갈아 마실 수 있다. 아침 식사를 준비하다가 문득 빌리 조엘이 한 말이 떠올랐다.

"나는 음악에 치유의 힘이 있다고 생각한다. 음악은 인간애의 폭발적인 표현이다. 음악은 우리 모두 감동받는 어떤 것이다. 어떤 문화 속에 살던지 누구나 음악을 사랑한다."

누군가 인터넷에 이런 리플도 달았다.

"노래가 없어도 사람들이 사랑을 할 수 있을까?"

가을 바람이나 행인의 걸음걸이도 음악이라고 생각하면 달라 보인다. 음식을 만들다가도 FM라디오를 튼다. 매일 나는 라디오나 블로그에 담아 놓은 팝송을 틀어놓고 요리를 한다.

토마토와 파프리카를 갈아놓는다. 거기에 꿀과 상황버섯 가루를 넣어 보았다. 한 모금 마시니 파프리카의 상큼함이 입안에 퍼져 참 즐거웠다. 참외와 사과, 토마토, 상황버섯가루를 한꺼번에 갈면 살그머니 톡 쏘는 맛과 부드러운 감칠맛이 아주 매혹적이다. 참외와 사과를 갈아 만든 주스에서는 포근한 맛이 난다. 이렇듯 두 개 이상 갈아 마시면 맛이 미묘하다. 이 아침, 음악과 음식이 아름답게 섞인다. 사랑처럼.

매일 식탁에 앉아서 좋아하는 것들에 둘러싸였음을 느껴보라.

낮게 깔리는 음악에 따라, 계절이 바뀔 때마다 나무와 꽃의 말도 들린다. 이 순간, 소박하고 아름다운 주스 한 잔 속에서 계절을 느낀다. 내일은 눈을 밝게 하고 간을 돕는다는 냉이를 사다 국을 끓여야지. 이렇게 음식 속에서 계절이 주는 기쁨을 켜켜이 맛본다. 쌀뜨물로 된장 쑥국을 끓이고, 마무리할 때 들깨를 뿌리면 봄 내음이 물씬 난다. 국이나 찌개를 다 끓이고 가스를 끄기 전에 시금치를 뜨거운 훈김에 쐰다. 그 위에 유자 발효 드레싱을 얹어도 반찬 하나가 거뜬히 완성된다.

주스를 마신 뒤, 아침 반찬으로 신 김치를 씻어 오래된 포도잼을 넣고 볶아 보았다. 사과와 가지로 만든 장조림—양파를 길쭉하게 썰어 넣어야 한다—도 신선했다. 여기에 들깨 된장국을 식탁에 올린다. 그리고 노트를 열어 '충실한 밥'이라고 써본다. 정말 밥은 얼마나 충실한가. 힘들 때 충실한 식사는 인생을 따뜻하게 위로한다. 그리고 음식은 영혼을 지배한다. 어떤 음식을 먹느냐에 따라 인생이 달라지니 각별히 신경써야 한다. 나는 사람들과 함께 식사하는 시간들을 가지려 애쓴다. 일로 알게 된 젊은 친구들, 후배들에게 식사를 대접하곤 한다. 함께 음식을 차려놓고 가족, 친지와 함께 둘러앉아 먹는 시간은 참으로 깊이 정드는 시간이다. 은은하게 깔리는 음악을 깔고. 은은한 촛불을 켜고.

식탁에 음식만 가득하다고 진수성찬이 아니다. 소박하고 정성이 담긴 음식, 계절을 느끼려고 열어놓은 창문, 그리고 음악으로 나의 식탁은 완성된다.

'고생했다, 현림아. 이쁜 밥 먹여줄게.'

스스로에게 격려하면서 한 술 더 뜨는 아침식사. 혼자라도 그윽한 성찬이다. 참 이쁜 밥이다.

바람과 태양을
마셔봐,
지혜롭고 싶다면

황혼이 아름다운 길을 따라 나는 간다
내가 누군지, 앞으로 뭘 할지
안 뵈던 우물이 잘 보이게
숲 속 바람에 흔들려 보고
물소리, 새소리, 바람소리, 다시 귀 기울인다
– 〈비밀스런 길을 따라 간다〉 中에서

지난주에 후배와 촬영 여행을 다녀왔다. 후배의 딸과 내 딸과 함께였다. 후배는 초기 암 수술을 마치고 치료하는 중이었다. 시외로 나온 지 참 오랜만이라 아름답고 빛나는 풍경에 눈물이 다 어렸다. 아이들은 소리 지르며 뛰어다니고, 주위를 에워싼 싱그러운 향기와 소리가 더 따사롭게 굽이치는 게 느껴졌다. 나는 줄곧 외롭게 살아봐서 함께 있는 것의 보들보들한 기분, 푸근함이 얼마나 좋은지 안다. 그것도 오랜만에 만난 후배라 더 반가웠다. 우리는 함께 있음에 감사하며 귀한 얘길 나누었다.

"불혹의 인생에 얻은 게 암 덩어리라고 생각하면 서럽지만, 생각해보니 삶이 아주 선명해지더라고. 미래에 매여 현재를 너무나 초라하게 살 이유가 없어. 닥치면 다 또 살게 마련인데."

후배의 말이 마음을 쉽게 빠져나가지 않았다. 죽음의 문제 앞에서는 가슴이 먹먹하고 숙연해진다.

"나도 좁은 집에서 힘들게 살며 재테크해봤는데, 잃은 게 반이야. 지금 최적의 집을 구해 아늑하게 꾸며보니 그 안정감에 일도 잘 되고 복이 잔뜩 들어올 것 같아."

이렇게 분위기를 같이하며 상실한 것들은 저 멀리 구름 속에 넣어 두었다. 주고받는 이야기 속에 어느새 늦가을이 진하게 느껴졌다. 나는 후배에게 말했다.

"에너지 흐름이 엉망이 되면 암도 생기는 것 같아. 우리가 아이들과 정든 이들에게 사랑을 충분히 주려면 땅으로부터 에너지를 충분히 끌어들이는 법을 익혀야 돼."

우리는 일어나 아이들을 불렀다. 그리고 대지의 에너지를 가득 받자고 말했다. 아이들에게 나무를 껴안아보라고 했다. 그래서 나무와 하나가 되어보라고.

아픈 부위에 풀이나 꽃을 대고 집중해보는 것도 좋다. 땅의 에너지 흐름이 늘어난 만큼 몸의 활기와 편안함도 늘어난다. 이것이 대지와 교감하는 기술의 기본이다.

또한 인생의 몰입은 바로 심장의 활력에서 나온다. 그런 점에서 온통 도시를 시멘트로 뒤덮는 일을 멈추고 우리의 심장을 뛰게 하는 나무를 한 그루 더 심고, 흙의 기운을 늘여가야 한다. 인간이 땅을 보살피면 땅은 당연히 사람을 보살핀다.

모든 병은 사랑의 결핍에서 나온다. 그 사랑이 가슴의 에너지 파

동으로 된다는 것, 치유력을 갖는 진정한 사랑의 에너지는 자연에서 온다. 생각, 느낌, 몸 안의 무언가가 제대로 돌아가지 않을 때 땅과 나무 풀에 주의를 돌려야 한다. 땅 에너지를 이용한 자연치유에 대한 책을 보다 보니 더욱 절절히 느낀다.

어디든 쑤시거나 굳은 부위를 천천히 땅에 대고 누워보라. 맨발로 땅에 딛거나 무릎을 꿇고 온전히 집중해 자연의 힘을 느껴보라. 그것을 매일 반복하거나, 자주 접하다보면 그 에너지에 따라 자신도 바뀔 수 있다.

자연은 훌륭한 마음의 치료사다. 자연을 만나러 아주 멀리까지 나가지 않아도 된다. 휴가철에 꼭 외국으로 먼 섬으로 가지 않아도 공원이나 숲이 있는 공간이면 된다. 사정이 여의치 않으면 나무나 식물, 하늘과 구름을 보는 자리여도 좋다. 이것만큼은 잊지 말기를… 휴지나 빈 캔은 가방에 담아 오거나 분리수거할 것. 우리는 이 곳에 잠시 머무르기 위해 왔을 뿐이다.

"사람에게서 어리석음을 없애는 데 바람과 태양만한 것이 없다." 이 말을 가슴에 안아본다. 자연을 좀 더 가깝게 그리고 깊이 관찰하는 것. 이것이 신에게 보다 가까이 다가가는 것임을 이제는 알겠다.

잘 쉬어,
푸욱

언젠가 몸이 아플 때 황토 스님이 나를 부르셨다. 그분은 음악을
몹시 사랑하고 작곡을 하는 멋진 스님으로 나와 딸을 친척처럼 잘
대해주셨다. 그는 내게 기분 전환이 될 거라며 어느 숲 해설가 선생
님을 찾아뵙자고 하셨다.

그래서 그 주 토요일에 두 시간을 달려 선생님 사시는 곳으로 찾
아갔다. 그곳은 자연에 둘러싸인 아담한 집이었다. 실내는 아늑했
고, 커다란 유리창 너머로 보이는 밭이 푸르렀다. 집을 둘러싸고 한
가롭게 바람소리가 들려왔다. 한가로운 풍경을 보며 나 자신에게
이런 질문을 했다. 아아, 나는 왜 전원생활의 한가로움을 누리지 못
하며 살까? 지난 1년 간, 왜 집 주변만 맴돌고 여행 한 번 못 떠났을
까. 먼 곳이라 여겼던 숲이 이렇게도 가까운 곳임을 왜 몰랐을까.

4년 동안 나는 가산탕진을 각오하고 딸과 함께 세계여행을 다녔

다. 체코와 오스트리아, 독일, 카자흐스탄과 중국, 캄보디아, 터키, 실크로드, 일본을 두루 다녀왔다. 그리고 인도의 시성詩聖 카비르를 찾아가는 인도기행과 방송 일로 포르투갈을 다녀왔다. 그때의 통장을 탁탁 털어 떠나던 그 과감한 용기는 어디로 갔을까. 요즘엔 내 안에서 그런 과감함은 찾을 수가 없다. 최근에는 몸이 아플 정도로 웅크린 채 살아가는 나. 내 발길이 닿았던 세계 곳곳의 아름다운 풍경이 그리워서 눈가에 눈물이 맺혔다. 숲 해설가 선생님께서 맨 처음 내오신 것은 산차였다. 향긋한 차를 마시니 또 그리움이 밀려와 슬며시 눈물이 고인다.

"차가 맛있어서 눈물까지 나는 거야?"

"네."

스님의 물음에 나는 그렇게 둘러대며 미소를 지었다. 오랜만에 가슴을 열고 나를 들여다보았다. 어디로든 가야겠다는 꿈도 못 꾼 채 나이만 먹고 있다. 누구도 사랑하기 힘든 사람이 되는 절망감… 어찌 해야 하나. 나는 길을 찾고 있었다.

선생님께서는 차례차례 여러 종류의 차를 권하셨다. 그분의 권유에 따라 나는 녹차와 보이차를 음미했다. 어느새 무거운 마음이 하나둘 맑은 구름같이 사뿐 가벼워졌다. 이렇듯 몸이 가벼워진 이유는 차를 마시며 깃든 여유 때문일까. 코 끝을 스치는 향기가 고단한 인생사를 잊게 해서일까.

나는 또 한 잔의 무척 인상 깊은 차를 마셨다. 호랑가시 나무 잎차였다. 처음 마셔보는 차라 찻잔을 들 때 살짝 가슴이 흔들렸다. 묘아자 나무라고도 하는 호랑가시 나무. 삭신이 쑤실 때 끓여 마시면 몸에 좋다고 한다.

"잎의 끝이 가시처럼 뾰족한 것은 뼈에 좋아."

스님이 잎 끝을 가리키며 말씀하시자, 선생님도 조언을 해주셨다.

"하루에 차를 한 주전자 끓여서 먹으면 몸 아픈 거 다 나을 거예요."

"마음이 아픈 것도 나을 것 같은데요."

빙그레 나는 웃었다.

"그래?"

황토스님은 해맑게 미소를 지어주신다. 숲 해설가 선생님은 말씀하셨다.

"차의 녹색 빛깔이 시신경을 안정시키고, 향기는 담백하고 간단한 삶을 이끄는 에너지를 주니까."

찻잔이 작은 거울같이 느껴졌다. 문득 찻잔의 따뜻한 온기, 차를 마시는 동안 얻는 평화로움, 이같은 여유만으로도 행복하다는 생각이 들었다.

살기 위해 앞으로 달리기만 해서 딱딱했던 몸이 차를 마시고 조금 부드러워졌다. '차 바라보기 명상'이 뭔지 알 듯하다. 이렇듯 안정감을 주는 차의 맛과 향기 때문이다. 차 마시기 명상은 그냥 앉기 명상과도 차이가 있다. 차 명상은 차를 통해 몸과 마음의 갈증과 들뜸이 가라앉고, 자신을 의식하고 아는 연습을 하며 힘과 의지가 높아진다. 그 시간만큼은 진정으로 맑고 깨끗한 마음을 되찾는 명상이다.

베트남 대선사이며 참여불교 운동가로 달라이 라마와 함께 우리 시대의 영적 스승인 틱낫한 스님은 '걷기 명상'과 '차 마시기 명상'을 권한다. 그렇듯 차의 은근한 향기는 어떤 향수에 비할 수 없는 은은한 행복감을 준다.

차를 즐기는 방법은 제각각이다. 요즘 자주 마시는 국화차는 몸의 열을 내리는 효용이 있다. 특히 여름에 차게 마시면 즐겁다. 작설차, 자스민차, 생강꽃차, 목단차 등 저마다 향기와 품격이 다름을 이곳에 와서 더 깊이 헤아렸다. 혼자 터득하는 기쁨도 크지만, 더불어 맛보는 기쁨은 더 크다. 차와 함께한 여행. 함께여서 더욱 향기로웠다. 그날 고마움을 가슴에 안고 돌아오면서 노자의 말씀을 떠올렸다.

"선善은 물과 같다. 물이 선하다는 것은 만물을 이롭게 하고 다투지 않으며 많은 사람이 싫어하는 곳에 머문다는 점 때문이다. 그렇기 때문에 물은 도에 가깝다…… 물의 약함이 강함을 극복하고, 부드러움이 단단함을 이긴다."

차를 마시는 것도 바로 이 때문이다. 자신을 비우고 그 맑고 평화로운 시선으로 세상을 다시 보는 것.

차를 마시며 건강과 마음의 평화를 구하면 자신의 영혼을 만나게 된다. 온전히 평화로울 때만이 영혼과 진정한 자아를 발견한다.

세월은 순식간에 사라진다. 그래서 지금 이 순간, 온 감각을 열어 차향을 들이마신다. 차를 마시며 살아 있는 기쁨을 한껏 느끼면서.

4… 누구에게나
    인생은
힘들다

누구에게나
인생은
힘들다

언젠가 카페에서 일거리를 펼쳐놓고 일하던 중이었다. 함께 앉아
책을 보던 딸이 창밖을 한참 내다보았다. 딸은 온몸이 고통스럽게
일그러진 청년을 보고 있었다. 휴지를 팔고 있던 그는 걸음걸이가
아슬아슬 쓰러질 것만 같았다. 발걸음의 간절함이 내 가슴을 잡아
끌었다. 미소는 낡은 부채처럼 슬퍼보였다. 얼른 지갑을 열어 하나
라도 사주면 그에게 희망이 될지도 모른다는 생각이 들었다. 그래
서 단박에 그에게 달려가 휴지를 샀다. 딸이 내게 물었다.

"엄마 저 아저씨는 왜 그래?"

"장애인이라서 그래. 몸이 불편해서 그렇지. 우리는 건강하지만
어쩜 누구나 장애인일지도 몰라. 마음에 병든 사람들이 얼마나 많
으냐. 엄마도 마음이 병들거나 네가 말 안 들으면 사자 같잖니."

장애인 청년이 판 만 원짜리 휴지는 어떤 유명제품보다 싸면서 질

이 좋았다. 양심적이라 느껴져 숙연했고, 인상 깊게 감동을 받았다.

다음 일화도 가슴에 담아보고 싶다.

어느 추운 날 부르커스라는 미국 설교사님이 눈보라치는 거리를 걷고 있었다.

길모퉁이 돌아서자 그는 추위에 떨면서 신문을 파는 소년 앞에 멈춰섰다. 그는 소년에게 가까이 다가가 신문을 샀다. 그는 웃으면서 소년에게 말을 건넸다.

"오늘은 무척 춥구나, 그렇지 않니?"

소년은 보름달처럼 환한 얼굴로 "조금 전까지 추웠어요. 아저씨를 만나기 전까지는요"하고 말했다.

이 작디 작은 이야기는 참 많은 느낌을 준다. 아무리 춥고 힘들어도 누군가 내 곁에 와주거나 물건 하나 사주는 것이 그 추운 사람에게 희망을 준다. 인간적인 말 한마디나, 미소 하나도 누군가에겐 빛이 된다. 이렇게 스치는 인연 속에서 붙임성 있는 말 한마디, 연민의 감정이 살아갈 힘을 만든다.

경제난이든 삶의 여행에서 뼈아픈 외로움, 고립감을 못 이기면 누구라도 죽음을 꿈꾸고 흔들린다. 이럴 때 따뜻한 격려, 그냥 한 인간으로서의 따사로운 인사와 미소만으로도 외로운 사람들은 살 기운을 얻는다지하철을 타면 판매상들과 자비를 구하는 손이 많다. 그러나 그 굶주린 손에 돈을 건네는 따뜻한 손들은 드물다. 마음 같아서는 "길 잃고 돈 잃으면 전화하세요"라고 전하고 싶지만 농담이 될 것 같아 가만히 있다.

나는 딸아이한테 늘 천 원씩 도와주는 습관을 만들어줬다. 구호를 원하는 사람들이 보이면 딸애는 자신의 지갑을 다 털어서라도 주려고 한다. 많아봤자 2천 원이지만 이럴 땐 어미로서 뿌듯하다. 공부 잘하는 것보다 딸의 이런 마음가짐이 더 소중하다. 점점 세상이 삭막해지는 것 같다. 누구에게나 인생은 힘들다. 나부터 빈말이라도 따뜻한 친절이 그립다. 그래서 남들에게 나팔꽃 같은 미소라도 건네며 살고 싶다. 어디에 있건 우리는 힘들고 외로울 것이다.

아무리 힘겨워도 잊지 말아야 할 것, 되찾아야 할 것, 그것은 바로 연민의 힘이 아닐까. 서로 가엾이 여기는 마음, 작은 것이라도 나누려는 마음. 도처에서 터지는 전쟁이나 갈등, 빈부격차로 인한 상대적 박탈감도 연민의 힘으로 풀어 가면 언젠가는 풀릴 것이다. 그 힘은 자신이 가진 것을 기꺼이 내어줄 수 있게도 한다. 내 혼의 길잡이, 헨리 나우웬의 말씀을 가슴깊이 담아두고자 나는 내 블로그 앞에 그의 글을 올려놓았다.

우리는 가난한 자들을 잊어서는 안 되고, 불행한 자들과 우리의 소유를 나누어야 하고, 성공하지 못하는 많은 사람들을 위해 우리의 잉여 수입 중 일부분을 포기해야 한다고 아주 기꺼이 말할 수 있다… 사람들에게서 사랑 대신 끝없는 두려움이 있음을 본다… 고난은 언제나 영적인 삶과 깊은 관계가 있다… 서로를 지지하고 함께 사랑 가운데서 자라간다

헨리 나우웬의 글을 읽다 보면 숙연해진다. 인간이 이토록 깊은 존재이구나, 감동받는다. 그를 닮아 참으로 착하고 아름답게 살아야겠다. 스스로 다짐한다.

연민은 스스로 나약한 존재임을 인정할 때 더 진하다. 나의 한계를 인정하면 남의 한계도 이해하며 더 정들게 마련이다. 연민에서부터 사랑의 신비가 시작된다. 다른 이에게 친절과 희망을 줄 기회는 매일 있다. 따뜻하게 말하고 미소를 지어보라.

말은
마음의 음악

희망의 작은 손전등을 들어
내게 오는 자를 위해 길을 비춘다
나는 즐거운 타인이 있으므로 살아가고
삶은 그들에게 벗어나려 할 때조차
그들에게 속하려는 끝없는 노력이므로
- 〈겨울 정거장〉 中에서

'좀 예쁘게 말해봐. 그래야 눈이 유리구슬처럼 맑아지지. 세상도
밝게 보지. 장점부터 이야기해봐. 말은 영혼의 거울이야. 말 한마디
가 영혼을 비춰낸단 말이야. 속이 빤히 보여. 어디 그뿐이겠어. 말
은 그 사람 인상을 만들어 가, 그만큼 말에는 혼이 깃들었어.'

어느 날, 나는 이렇게 뇌까리며 말의 중요성을 생각했다.

'당신은 주위 사람들에게 어떤 말로 대화를 나누는가. 단점부터
생각하며, 지적하지는 않는지. 마음을 낮춰 상대의 말을 잘 듣고 있
는지 어떤지.'

나는 솔직한 성격 탓에 식구들과 지인들에게 지적을 받아본 경험
이 많다. 지적을 받는 마음이 어떤지, 20년 전에 내가 누군가에게
보낸 편지를 통해 한 번 풀어 보련다. 그 옛날 지적받은 기억이 있
는 사람이라면 공감하리라. 이 편지는 아주 오래 전에 썼다. 어떤

언니에게 단점을 전해 듣고 부끄러운 마음에 적어 보냈던 것이다.

　언니. 미안해요. 지금 스스로 비참해서 눈물만 나옵니다. 언니한테 지적받은 문제들이 진정 고민이 돼요. 제 모습이 싫어져 견딜 수가 없어요.

　고등학교 때 이런 일이 있었어요. 교련 선생님한테 크게 한 번 야단을 맞은 적이 있는데, 그 선생님 수업시간만 되면 계속 실수를 하는 거예요. 우향우 하면 좌향좌로 가고, 앉아 하면 일어서고. 동쪽을 바라보라면 북쪽을 바라봐서 자꾸만 혼이 났죠. 그 선생님만 보면 심장이 어찌나 덜덜 떨리던지. 죽고 싶을 만큼 그 수업이 싫었답니다.

　웃지 마세요. 저는 심각했어요. 언니한테도 계속 누를 끼치는 것 같고, 저는 저대로 무척 힘듭니다. '어떤 사람에게 계속 간(諫,충고)하면 그 사람과 소원해진다'라는 맹자님의 말씀이 생각나요. 결국 제가 부족하고 슬기롭지 못한 탓이에요. 어른들한테 자꾸 마음에 안 든다고 혼나면 아이에게는 고치기보다는 도망가려는 반동심리가 앞서게 마련이지요.

　언니에게 내 그림자조차도 안 보여야지 하는 다짐마저 듭니다. 제 단점을 문제삼지 않는 사람이 그립구요. 현재 제 그릇이 국그릇만한데 세숫대야가 되길 바라시니 마음이 어렵지요. 지적하는 사람들은 과연 스스로 세숫대야인가 묻고 싶어요. 더 이상 누구에게든 야단을 맞았다간 미쳐버릴 것만 같아요.

　저는 언니를 무척 좋아하고 존경하고 고마운 분이란 생각엔 변함 없습니다. 언니와의 관계가 어긋날까 두렵습니다.

지금은 까마득한 얘기라 어린애 같던 내 모습이 귀엽게도 느껴지고 재밌어 웃음이 난다. 예전의 불은 장작불이었다면 지금은 전등이 되어 웬만한 일에 크게 꿈쩍도 하지 않는 사람이 되긴 했다.

　어쩜 많은 사람들이 서투른 시절을 보내봤고, 서투른 자신에 대해 고민할 것이다. 내 편지를 보낸 후 언니도 자신을 살필 계기가 되었다고 했다. 이렇게 솔직히 얘기해 주니 나 역시 고마웠다.

　칭찬과 격려는 상대의 기운을 북돋운다. 사람의 인생을 바꾸기도 한다. 누구나 자신의 행동과 노력에 대해 인정받고 보상받기를 원한다. 누군가 좋은 일을 하거든 서슴없이 칭찬해라. 그런 따뜻한 칭찬을 많이 나누면 세상도 변하리라.

　예쁜 나뭇잎을 줍듯 가슴에 칭찬과 격려가 되는 말들을 품어본다. "잘 해주셔서 감사합니다." "감동받았어요." "너무 멋지시네요." "덕분에 일이 편해졌어요." "자랑하실 만해요." "하느님께서 큰 달란트를 주셨네요." "당신이면 충분히 할 수 있어" "제게 주신 은혜 잊지 않을게요." "축하해." "본받고 싶어요." "너와 있으면 참 즐거워." "너의 존재에 감사해." "날 버리지 말아줘."

　이렇게 좋은 말을 하면 뭐든 좋은 기운으로 온몸이 환해진다.

깨 . 진 . 관 . 계 . 회 . 복 . 하 . 기 .

살아 있을 때
다시
만나라

서로를 그리워하는 마음은 가닿는다
서로를 생각하며 잠이 들고
서로를 기다리는 인생은 행복하다
- 〈서로를 그리워하는 마음은 가닿는다〉中에서

어느 날, 우편물을 보니 이해인 수녀님께서 시집을 보내주셨다. 직접 사인을 하시고 크레용으로 정성들여 그림까지 그려 보내셨다. 수녀님의 마음이 가슴속에서 종소리처럼 울려퍼졌다. 시집을 소중히 어루만지며 문득 '정성을 들인다'는 의미가 뭔지 생각해보았다.

나의 경우, 시집을 내고 책들을 낼 때마다 삶은 정성이 아니면 아무것도 얻을 수 없음을 깨닫는다. 뭐든 자신을 다 걸어야 꿈꾸는 열매를 얻는다. 정성들인 것은 쉽게 버리지 못한다. 핸드폰 문자나 메일도 정성들인 사연은 버릴 수가 없어 보관함에 저장해둔다.

그리고 보니 핸드폰으로 인한 에피소드들을 수집해보면 엄청난 이야기의 창고가 될 것이다. 문자는 마음을 위로하지만, 다툼의 이유가 된다. 많은 연인들이 핸드폰으로 인해 만나고 헤어지기도 한다. 오해와, 곡해, 분노와 화해들이 핸드폰으로 이뤄지는 문명의 광

경이 무척 흥미롭다. 나 역시 핸드폰이라는 문명의 혜택과 피해를 본다. 지난 해 정성들인 관계가 핸드폰으로 인한 오해 하나로 깨질 뻔했다. 우정이 문자로 깨졌다가 정성 어린 문자로 이어진 것이다.

　지난해 4, 5월은 유난히도 힘든 일이 많았다. 땅속으로 꺼져들고 싶을 정도로. 누구에게도 기댈 수 없이 오직 나 혼자 해결해야 하는 문제들이었다. 그때쯤 그녀와 오해가 생겼다. 그 오해를 좋게 풀려다 더 엉키고 말았다. 막막하고, 우울해서 며칠 동안 잠을 뒤척였다. 가만 놔두면 그대로 관계는 끝이다. 다시 만나기 힘들다. 여기서 마침표를 찍어버릴까 고민하다가 진정 상대편의 입장에서 깊이 생각해보았다. 숙고 끝에 그녀에게 이렇게 문자를 보냈다.

　"이제 와 생각하니까 제가 당신 입장에서 생각 못한 것들이 많네요. 참 부끄럽고 미안합니다. 뭘 바라고 문자드린 게 아니라 미안한 진심을 담아 보냅니다."

　문자를 보낸 지 십 분도 채 되지 않아 답 문자가 날아왔다. 핸드폰에서 좋은 향기가 퍼져 나오듯 반갑고 신기했다.

　"저도 심했다는 생각에 편치 않았어요. 미안합니다."

그녀의 답으로 나도 마음을 내려놓았다.

"저 자신을 깨닫는 고마운 기회가 되었어요."

생각조차 엄두가 나지 않을 정도로 쓸쓸한 일들이 이렇게 문자로 풀어지다니 신기했다. 어느 정도 시간을 두니, 놀랍게도 오해가 쉽게 풀렸다. 하지만 화해했다고 금세 만나지지는 않는다. 그녀가 좋은 사람이기에 나는 인내심을 키웠다. 내 시집이 나올 때, 그리고 추석 때, 이사 후 집들이 때, 그렇게 생활이 바뀐 좋은 때마다 그녀에게 초대 문자로 우정을 전했다. 일 년 정도가 지났을까 우연히 미술관에서 그녀를 만났다. 예전의 울적한 기억은 온데간데없고 그저 반갑기만 했다.

태어나서 이런 경험은 처음이다. 이전에는 상대방이 화를 내거나 나를 거부하면 나는 단호하게 핸드폰 번호부터 지우고, 가슴이 아파도 잊으려고 애썼다.

그러나 자존심이 상했다고 쉽게 포기하지 않았다. 우리의 우정은 '지성이면 감천'의 지혜로 다시 맺어져 이전보다 더욱 돈독해졌다. 나 또한 그녀를 더욱 이해했고, 배려와 예의를 잊지 않고 서로에게 더욱 잘했다.

25년을 알고 지낸 후배와의 깨진 우정도 다시 돌아왔다. 이전에 한 번도 다툰 적도 없었고 좋은 기억만 가득했는데 한순간에 끝나

버렸다. 참으로 놀랐고, 마음이 아팠다. 세 번 화해 요청을 했지만, 묵묵부답인 상태로 2년이 흘렀다. 그래도 죽을 때 돌아보아 남는 것은 따사로운 정뿐이란 생각에 다시 문자를 보냈다. 답이 안 올지도 모른다고 마음을 다독이면서.

안녕? 네가 늘 고맙고 보고 싶었는데 그때 화를 내서 미안했지. 이제 이해도 되고 용서도 되는지? 서로 어둔 기억들은 털어내고 한 번 보자꾸나. 시간 되면 연락주렴. 서로 성장한 모습으로 기쁘게 만나자.

이 간단한 문자를 보내기 위해 얼마나 애태우고 망설였던가. 그런데 후배에게 문자가 왔다. 그녀 역시 나와 같은 마음이었다. 정성을 들이면 사소한 핸드폰 문자 하나도 마음을 움직인다.

21세기를 사는 나는 '지성이면 감천' 이란 옛 경구를 핸드폰을 통해 배우게 되었다. 만일 누군가와 관계 회복을 하지 못하고 있다면 스스로를 돌아볼 필요가 있다. 혹시 애정이 부족하거나 쓸데없는 걱정이 많은 게 아닌지. 자의식, 오만함, 에고를 움켜쥐고 있는 건 아닌지……

누군가에게 다시 다가서려면 기다릴 줄 아는 정성이 필요하다. 정중하게 사과할 시간을 놓치거나, 그가 상처를 받아 포기하고 체념한 뒤에 나타나면 아무 소용이 없다.

이별은 쉬우나 화해는 어렵다. 하지만 좋은 사람이면 놓치지 말

라. 마음을 다스려 자기의 부족한 부분을 철저히 짚어보고 애쓰고 긍정의 힘으로 기다리면 상대방은 반드시 돌아온다.

이렇게 사랑하는 친구 둘과 화해했다. 먼저 나를 낮추고 진심을 전하니 다시 관계가 이루어졌다. 이렇게 기적 같은 일이 내 인생에 있었다. 평생 만나지 못한 채 죽으면 어떻게 하나 슬퍼했는데…….

뜨거운 가슴을 안고 저마다 살아가는 이야기로 가득한 골목길을 걷는다. 시장 길목 좌판에서 아주머니가 직접 키워 파는 오이와 호박, 토마토를 기른다. 어떤 아이가 손때 묻은 영어사전을 품에 꼭 껴안고 간다. 연인들이 자석처럼 꼭 붙은 채 걸어간다. 정성들인 사랑에 가슴 뭉클한 저녁이다.

서로
달라도
괜찮아

삶은 고통과 외로움의 유형지다 안전지대란 없다
안전지대란 매번 다시 살아야 한다는 다짐 속에 있다
함께 인내하는 우리의 끈끈한 사랑 속에 있다
상처는 상처로 끝내서는 안 된다는 의지 속에 있다.
상처는 인생의 약초같은 푸른 그림자
광활한 슬픔을 통해 영혼을 얻을 것이다.
깊고 넓은 새 인생의 대륙을 가야 한다
－〈위험해서 찬란한 시간들을〉中에서

누구나 상처받은 자들이다. 누구나 조금씩은 독특하고 이상하게
보인다. 그런데 그 이상함은 바로 개성이다. 저마다 개성과 다름을
인정하고 받아들여야만 사회적으로도 대화합을 이룰 수 있다. 어떤
상처든 성장을 위한 씨앗으로 삼지 않으면 삶은 무너진다. 큰 상처
와 시련을 겪을 때, 심한 무력감을 느껴 일어나기 힘들다. 그러나
짧은 무력감을 보약으로 삼을 필요가 있더라.

언젠가 『계급의 숨겨진 상처』라는 책을 보았다. 분명 이 시대에도
계급이 있고, 특수한 경우의 상처들이 숨겨져 있다. 내가 활동하는
예술판에서의 숨겨진 상처가 뭔지 생각해보았다. 나의 경우, 여성
예술가에 대한 편견이 아닐까 한다. 오늘도 아는 사람이 어느 예술
가를 지칭하면서 이렇게 물었다.

"예술 하는 사람들은 괴팍하고 특이하지 않나요?"

"전혀 아닌데요. 저는 우아하고 담요처럼 따뜻한데요."

미소를 지으며 내 특유의 유머조로 이야기를 이어갔다.

"고정관념이 서로 가까워지게 하는 것을 가로막고 있어요. 제대로 된 작가면 생활도 착실해요. 유기농 채소처럼 상대방을 안심시키는 신뢰감을 준답니다. 창작을 인생수행이라 여기고 고독 속에서 내공을 쌓을 뿐이죠. 일반인도 생활을 통해 인생수행 하는 거겠죠. 누구나 마찬가지예요."

서로가 다름을 인정하지 않으면 피차 외롭다. 대부분의 불화는 상대를 인정하지 않아 생긴다. 서로의 다름을 인정하면 인류와 국가, 가정과 모든 개인 간의 문제들이 해결된다. 전쟁이라는 거시적 문제부터, 관계라는 미시적 문제에 이르기까지 아픔과 상처가 줄어든다. 마찬가지로 창작자들의 작업도 다채로운 방식이 있고, 저마다 인생을 풍요로운 축제로 만들고 있음을 긍정적으로 바라보면 얼마나 좋을까.

인간의 깊은 욕망과 내면 심리, 대담하고 거칠거나 야한 일상용어 사용도 내 작업의 콘셉트이다. 또한 사회와 환경문제 같은 작품의 다양성을 통해 인간이 지니는 기품과 아름다움을 추구했다. 칭찬과 격려도 많이 받았지만 독자들이 작품 속의 화자를 오직 개인 신현림으로 해석해 힘든 시절을 보내기도 했다.

나는 건실한 생활인이고 장인정신을 가지고 작업할 뿐이다. 고독의 한 경지를 살던 30대 초반의 어느 날, 한 친구가 나의 시〈외로운 마약, 외로운 섹스〉를 보고 혹시 나더러 마약 하냐고 물었던 일이 생각나 웃음이 난다.

주차장 앞에서 한 사내가 지워지고 있소

우리는 아마 죽을 때까지 인생을 모를 거요
나날은 빌린 모자처럼 헐렁거려 쉽게 날아가오
나는 고독감과 그리움만 느끼며 헤매왔소
시를 쓰며 외로움을 잊는다는 희망이
외로움을 견디게 하오

시에서 화자는 뼈아프게 외로운 상태에 처해 있다. 그것을 은유와 상징이라는 비유의 방식으로 드러냈다. 친구는 이를 잘 모른 채 마약했느냐고 질문한 것이다.

현대 예술, 시는 강렬한 개성을 내뿜지 않으면 살아남지 못한다. 제목도 강렬하게 붙이고, 가슴을 울렁거리게 써야 한다. 그리고 그런 시를 쓰기 위해 나는 제목만큼이나 뼈아픈 외로움의 한복판에서 자신과 싸우며 살아간다.

나는 누구보다도 평범한 삶의 행복을 누리고 싶다. 편견과 질투와 선망을 받아보기도 했고, 그로 인해 깊이 아파 보니 나부터 고정관념을 깨는 예술가이고 싶고, 세상의 상처를 줄이고 싶은 열망은 점점 커진다.

　나약함과 불안함, 괴로움, 고독과 회의 속에서 더욱 단단해진 나 자신을 만난다. 타인과의 동료의식이 점점 두터워진다.

　어떤 일로 상처를 받고 에너지 소모를 하고 있었을 무렵이었다. 그때 필리핀 국제학교 목사이자, 나의 멘토이기도 한 여동생이 이런 말을 들려주었다.

　"그 문제를 사소한 일로 여겨야 돼. 그래야 마음이 편하고 넓어지지. 우리는 살아서 더 크고 중요한 일에 마음을 써야만 돼. 거추장스런 일은 버리는 연습을 하고, 모두 대인배가 되도록 애써야 돼요."

　동생이 큰 깨우침을 주었다. 그렇다. 대인배로 살아야 용기를 북돋고 선의의 정을 주고받을 테니까. 아주 현명한 사랑법이기도 하다. 어떤 시련이든 인격과 성품에 성장의 흔적을 남긴다. 아주 특별한 깨우침을 남긴다.

　아무리 힘든 시련이라도 다 흘러간다. 문제나 고난은 찾아와도 머물지 않는다. 반드시 지나간다.

　누구나 매순간 인생이 바뀔 중요한 선택을 하며 산다. 용서할 것인가 미워할 것인가, 밖으로 나가 떠돌 건가, 내 안에서 성장의 기회로 삼을 건가, 대인배의 마음으로 문제를 흘려버리면 쓸데없이 진을 빼는 일은 없다. 그 대인배의 자세면 훨씬 더 좋은 인생으로 바뀐다. 단순한 미소하나, 따뜻한 눈길, 친절함과 다정함이 절실한 시대다. 상처로 더 밝아진 사랑의 등불이 얼마나 따뜻하고 아름다운 길로 이끌 수 있는지, 나부터 열렬히 알리고 싶다.

슬프고
외로우면
말해,
내가 웃겨줄게

마땅히 갈 곳이 없다. 어두워졌지만 집에 들어가기 싫었다. 일이 내가 원하는 방향으로 흘러가지 않고 자꾸 꼬이는 기분이 든다. 그럴 때, 그 답답함을 풀지 않으면 안 된다. 어른이라서 화가 나도 속 편히 화낼 수도 없다. 웬만하면 다 참아내야 한다. 누가 실컷 웃겨주면 하하하, 웃고 금세 편해질 텐데……. 현대인들은 심각하다. 나도 그렇다. 딸이 내게 퀴즈를 낸다.

"힘센 사람들이 마시는 차 이름이 뭐게?"

"글쎄?"

"으라찻 차."

딸이 웃겨주지만 두 번째 듣는 거라 내심 시들하다. 어느 나이가 되면 많은 게 시들해진다. 지금 나는 사람들이 화가 나면 어떻게 푸는지 궁금하다. 친한 지인과 얘길 나누게 하고, 음악을 듣고 산책시키며 풀어지는 화는 그런대로 괜찮다. 달리기를 하게 만드는 화는 다이어트에 좋다. 술 마시고 골초 만드는 화로 인해 제 명에 못 죽는다. 분노를 오랫동안 마음속에 품으면 노화가 빨라진다. 화, 분노는 치명적인 독을 가졌기 때문이다.

나는 지난봄 밀려오는 슬픔과 애끓는 심정에 시달렸다. 위염과 식도염을 앓았다. 그 슬픔이 분노로 뿜어져 나왔고, 선잠을 자고 깨어나면 입안에서 쉰내가 났다. 먹는 것마다 다 썼다. 애간장이 녹는다, 속 썩는다는 말이 여기서 나온 것 같다. 분노는 두려움에서 크게 솟아난다. 이것이 오랫동안 지속되면 영혼이 좀 먹을 뿐만 아니라, 활기와 생명까지 잃는다. 오늘 읽은 책 중에 중국의 에디바라는 사람이 한 이야기가 눈에 띄었다.

에디바는 남과 시비가 일어나면 집과 땅 주위를 세 바퀴 돌았다. 왜 집 주위를 도는 걸까, 사람들은 모두 의아해 했다. 그에 대해 에디바는 함묵했다. 세월이 흘러 그도 나이가 들고 집도 땅도 넓어졌다. 여전히 화가 나면 지팡이를 짚고 또 땅을 돌았다. 이 모습을 본 손자가 애원하면서 왜 화가 나면 땅을 세 바퀴 도는지 물었다. 에디바는 말했다.

"젊을 때부터 다툼이 나거나 시비가 생기면 땅을 돌면서 자책했단다. 내 땅이 이렇게 작은데 남한테 화내고 싸울 시간이 어디 있냐고 말야. 이내 화는 가라앉았고 온 열정을 일하는데 쏟아 부었단다."

손자는 최고의 부자가 되셨는데 왜 집을 도느냐고 물었고, 그는 대답했다.

"여전히 화날 때가 있단다. 내 집이 이렇게 크고 땅도 많은데 남들과 싸우는 게 무슨 소용인가 하고 말이야."

그는 지혜로웠다. 화를 내면 실수를 한다. 화내지 말자 결심하거나 가능한 한 화를 누그러뜨리는 것이 좋다. 화는 진행하던 일에 브레이크를 걸 좋은 기회이다. 잠시 쉬라고 찬찬히 자신을, 꿈과 소망을 살펴보는 기회.

화가 나면 크게 숨을 쉬어보라. 상대방과의 좋은 기억을 떠올리며 참아보라. 마주할 때 극단적인 말은 하지 말라. 저 사람에게 무슨 일이 있었나 보다, 여겨보라. 내 일이 아닌 듯 남의 일처럼 거리를 두고 대해보라.

죽기 전에 화를 못 참은 것이 가장 큰 후회로 손꼽힌다. 그래서 다짐한다. 그때그때 화를 잘 풀 것. 화를 내는 데는 정당한 이유가 있어야 한다. 누구나 자기만이 화 풀고 이기는 방책이 있다. 그러려면 화를 잘 낼 줄 아는 비법을 터득해 보자.

화를 내기 전에 내가 상대방에게 어느 정도 수위로 표현할까 먼저 생각하기. 목소리를 낮추고 정중하게 내기. 절대로 폭발하지 말기. 언성을 높이거나 욕하지 말기. 폭발하고 욕하거나 소리를 지르면 폭력으로 이어지게 마련이다. 그 전에 화가 났다는 신호를 먼저 보내라. "화가 날 것 같아요", "그건 아닌데요"라든가 "나 안놀 거야, 나 삐친다"라고 귀엽게 웃으며 표현해보자. 웃기면서 화내기.

어떠한가. 침묵과 응시도 화를 내는 아주 좋은 방법이 될 수 있다. 한참 동안 입 꽉 다물고 말 없이 쳐다보면 상대방은 어찌할 바를 모른다. 스스로 문제가 뭔지 한참 살핀 후, 확실하게 자신의 태도를 고치게 된다.

여기서 화를 낼 때 주의점이 있다. 극단적인 표현은 삼갈 것. 화낼 것을 내일로 미룰 것, 화를 내서 얻는 게 뭔지 생각할 것, 남의 일처럼 대해볼 것. 어쨌든 문제를 분명히 말하고 당사자와 확실히 풀어야 한다.

그래도 화를 참다 보면 마음의 병이 생기고 화를 잘 풀면 어제보다 더욱 돈독한 사이가 된다. 따뜻한 화풀이는 관계를 단단하게 매는 또 하나의 대화가 되리. 나도 이것을 잘 알면서 쉽지는 않다. 그래도 늘 애쓴다. 지혜로운 사람으로 살기 위하여……. 화를 잘 다스리는 자가 진정 지혜로운 사람이다.

그.때. 그.때. 상.처. 풀.기.

고마워,
미안해,
용서해줘,
사랑해

"고마워, 미안해, 용서해줘, 사랑해"라고 되뇌어봐요
신의 숨결이 담긴
이 세상 가장 아름다운 말들을
– 〈침대를 타고 달렸어〉中에서

며칠 전 두 명의 여성과 함께 자리를 했다. 우리는 등나무 아래 벤치에 앉았다. 저물녘의 거리는 한가로웠다. 바람에 파르르 떠는 나뭇잎의 여림, 생명의 떨림에 마음이 흔들렸다. 나뭇잎 사이로 하늘이 보였다. 마치 조각보 같았다. 추억이란 게 저 모양 같지 않을까 싶었다. 상처나 슬픔으로 새카맣게 탄 마음의 부분을 털어내고 조각조각 이어놓은 그런 느낌.

후배의 친한 친구인 그녀는 큰 상처를 안고 몹시 힘들어 했다. 이야기를 들어보니 남편이 외도를 했고 용서를 구한 지 2년이 흘렀는데도 용서가 안 된다는 것. 아이들 때문에 참았지만 더 이상 사랑 회복이 힘든 상황인데 남편은 이혼을 안 해준다고 했다.

그러나 수심 깊은 그녀의 눈빛은 '나, 이혼하기는 싫어요'라고 말하고 있었다. 나는 분노를 글로 써보든지, 다시는 외도하지 말라고 애절하게 사정을 해보라는 등 여러 방법을 이야기해 보았다. 하지만 그녀는 울분을 간신히 참을 뿐이었다. 나는 그녀에게 힘주어 말했다.

"왜 2년 동안 괴로워야 돼요? 참지 말고 자기감정을 표현해요. 죽을 만큼 괴롭던 고통과 좌절을 절실하게 얘기해 봐요. 극단적인 언사는 피하되 단호하게. 우아함을 잃지 말고. 용서 못하면 더 큰 상처를 만들 뿐이에요."

그녀는 커다란 눈망울로 나를 바라보고 있었다. 나는 언니로서 조언을 더했다.

"서로 떨어져서 혼자 있는 시간을 가져봐요. 혼자 있는 시간은 자신을 성장시키고 용서하는 마음을 만들지 몰라요. 처음 만날 때의 고마움과 신비로움도 보이고. 지혜의 눈도 뜰 수 있을걸?"

이 순간도 유부남과 연애하느라 마음을 졸이며 피 말리게 괴로워하는 싱글 여성이 있다. 참 나쁜 남자들, 이거 어쩌나 싶다. 한편으로는 아내의 부적절한 연애로 괴로워한 지인도 있었다. 바람난 기혼자들이 '사랑이 오는데 어떻게 하냐'며 부끄러움도 없이 당당하게 말하는 모습도 보았다.

나이를 먹어보니 "하늘을 우러러 한 점 부끄럼 없기를"이라는 윤동주의 시구가 얼마나 소중하고 멋진 줄 알겠다. 이젠 불순한 연애담 듣는 일도 지루하다. 숙명적으로 '잔머리 굴리게 되는' 인생들의 시시한 해명이 정말 시시하다. 순수한 마음이 귀하고 그리울 뿐이다. 사랑은 구구절절 설명할 이유는 없다. 기면 기고 아니면 아니라 생각한다. 살다보면 괴로운 사건들이 필연적으로 줄줄이 이어진다. 다만 어떻게 상처를 줄이고 좋게 푸느냐의 지혜가 중요하더라. 나의 치유법은 '상처를 받으면 그냥 두지 말라' 이다. 일단 말을 해야 서로의 마음을 알고, 오해가 풀린다. 마음을 다쳤으면 다쳤다고 전하라. 그냥 두면 후에 커다란 눈덩이같이 불어나 관계는 풀 길 없이 비극으로 끝난다.

여기서 풀어가는 방법은 겸손하고 목소리를 낮춰야 문제가 생기지 않는다. 대화는 감정의 분출이 아니다. 진정 가슴을 터놓고 대화를 한다는 뜻이니 극단적인 언행은 삼가고 공감하는 쪽으로 가보라.

사람살이에서 오해는 부지기수다. 그런데 오해를 푸는 과정에서 극단적인 말을 하면 그 인연은 망가진다. 어느 누구도 극언을 들으면서까지 관계를 잇지 않는다. 그 수많은 이별과 이혼은 극단적인 말로 돌이킬 수 없는 지경까지 간 경우다. 상처를 입었을 때 감정이 앞서면 문제가 더욱 복잡하다. 원수지간이 될 수도 있다. 그리고 아팠거나 미안했거나 이런 사정이 생기면 반드시 상대방에게 알려라. 표현하지 못한 후유증으로 훗날 상대를 더 미워하게 된다. 자신도 용서하기 힘들 정도로 광포하게 분출되기도 한다. 슬픔과 고립과 분노, 무감각, 무기력 등 그 고통의 해결방법을 찾아야 한다.

상처와 상실감을 영혼의 차원이나 대인배의 마음에서 풀면 쉽게 해결이 된다. 우정, 친절, 인내, 기쁨, 평안, 용서, 온유, 사랑, 희망, 신뢰 등등의 것들, 이것이 살아서 우리가 나눌 사랑이리.

바.라.는. 거. 없.이. 선.물.주.기.

모든
순간은
선물

어느 날 CD 세트를 선물 받게 되었다. 아련한 금빛으로 빛나는 종이 포장지를 조심스레 뜯었다. 밥 말리 CD와 여성가수들의 블루스 모음집이었다. 이 야릇한 기쁨과 신비를 어찌 표현해야 할까. 선물을 보낸 이는 당시 스물네 살인 여성이었다. 그녀의 별명은 '빵과 유쾌씨', 절판되어 더 이상 안 나오는 내 책 제목에서 딴 것이다. 문득 누군가가 보낸 또 하나의 선물이 기억난다.

안개꽃 한 다발과 함께 보내온 선물. 선물 안에 든 메모에는 '현명하고 아름다운 여자'라고 적혀 있었다. 하얀색 한지 포장지 안에는 김 한 뭉치가 있었다. 센스있는 선물에 유쾌한 나의 상상력이 꿈틀거렸다. 그녀는 분명 천 년 전에 현명한 안개꽃, 아니면 아름다운 김 한 뭉치였으리란 상상을 해보았다. 언젠가 그녀는 내게 아스트로드 질베르노카가 부르는 〈카니발의 아침〉을 들려주었다. 나도 후배들에게 그렇게 노래를 들려준 적이 있다. 누군가 전해주는 노래 선물을 듣는다는 건 배달된 자장면 한 그릇과는 또 다르게 배가 불렀다. 그녀와 가끔 전화 통화를 하면서 선물의 의미를 많이 생각한다.

그녀는 좋아하고 소중히 여기는 정인情人에게 선물을 하고 편지를 쓴다. 선물을 줄 때, 받기를 바라지 않을 뿐만 아니라, 받기보다 주는 게 좋다고 한다. 어느새 신임순, 그녀는 딸 둘의 엄마가 되었다.

큰 창을 통해 햇살이 더욱 환하게 비쳐들었다. 먼저 사랑을 줄 줄 아는 사람은 인생의 스승과도 같다. 나에게 감동을 주는 사람은 나이와 상관없이 내게 모두 스승이다. 조건 없는 사랑은 음악과도 같다. 모든 것을 움직인다. '많이 줄수록 기대하지 않는 것'이 중요하다. 법정 스님께서 하신 말씀이 늘 귓가에 맴돈다.

"누군가에게 뭔가 주고 싶으면 살아 있을 때 줘라."

죽은 사람의 물건은 거북해서 살아 있을 때 나누는 물건과 그 마음의 소중함을 말씀하신 것이다. 어쩌면 선물을 나누고 마음을 나누는 일은 우리가 살아서 할 최선의 아름다운 행동이다.

그래, 반드시 살아 있을 때 귀한 것을 나누겠다. 바라는 거 없이 주겠다. 나도 사람들을 만나면 무얼 줄까 고민한다. 맛있는 떡이나 미리 사놓은 스카프라도 건넨다. 그런데 선물할 때 중요한 점은 내가 갖고 싶은 좋은 것을 줘야 한다는 사실이다. 주기 아까운 것을 줘야 제대로 선물하는 것이다. 내게 어울리지 않고 필요하지 않은 물건을 받아본 적이 있고, 나도 상대방에게 그런 선물을 준 적이 있다. 이왕 선물할 바에야 더 투자해서 좋은 걸 사줬더라면 하고 후회해본 적도 있다.

선물은 '현재^{present}'와 동음이의어다. 지금 이 순간을 감사하고 즐기란 뜻이다. 주는 이도, 받는 이도 선물로 인해 서로의 지친 몸과 마음을 어루만진다. 어제도 오랜만에 친구를 만났을 때 아끼다가 한 번도 입지 않은 비싼 옷을 건넸다.

"이렇게 예쁜 옷을 자기가 입지 않고……."

양털같이 포근한 그녀의 눈빛. 무척 신이 났는지 스커트에 어떤 블라우스를 맞춰 입을까 그려보는 모습이다. 이렇게 제대로 선물을 할 때면 상대방의 표정이 흡족해 보인다.

똑같은 물건이 두 개가 있으면 하나는 내주려고 한다. 옷장 속에 쌓아놓은 아끼던 옷들을 정리해서 여동생에게 건네었다. 또한 후배와 선배 언니에게도 주려고 상자에다가 물건을 하나씩 모아놓고 있다. 물질이든 마음이든 지인들과 좀 더 적극적으로 나누는 삶… 나눔 속에서 정은 흰 눈처럼 소복소복 쌓인다.

영혼과 지식, 마음을, 그리고 아주 사소한 물건이든 서로 나누어보라. 따스한 온기가 통할 것이다. 피 같은 따뜻한 흐름을 느끼고, 기뻐하라. 살아 있는 이 모든 순간은 선물이다.

무 . 조 . 건 . 믿 . 어 . 주 . 는 . 가 . 족 . 되 . 기 .

함께할
시간이
많지 않다

나이 들수록 하루는 더 빨리 저문다. 자꾸 닳고 사라지고, 상실되는 느낌. 특히 노을질 때 그 느낌은 주체하기 힘들다.

세월이 갈수록 마음에 새겨두는 말 하나가 있다. '사랑하는 이들과 함께할 시간들이 결코 많지 않다' 이를 생각하면 가족과 정인들에게 주고 싶은 물질이나 마음, 그 어떤 것을 다 줘도 아깝지 않다.

가족은 언제 어느 때 나쁜 일이 터져도 정든 사람들이다. 서로의 추한 모습, 더러운 거, 알 거 다 알고, 표정만 봐도 금세 그 사람 마음을 아는 이심전심이 있다. 이심전심이 안 될 때 다툼이 생기기도 한다.

가족은 모자란 부분도 귀엽게 봐야 하고 무엇을 해도 무조건 믿어줘야 잘 성장하는 사람들이다. 요즘 우리 삶이 실제보다 초라해 보이는 건 정든 사람들과의 신뢰가 깨져가기 때문이리.

그러나 깊이 정든 마음은 변하지 않다. 언제나 내 가족이구나, 큰 숨을 내쉬며 편안해 할 사람들이다. 한편 원수가 돼도 평생 봐야 하고, 지겨워하면서도 그 이름 석자를 들어야 한다. 그러면서 가장 위급할 때 달려와 주기를, 전화 먼저 걸어 주기를 기대하는 사람들이다.

다가오면 추위도 가신다. 북적대는 그 따사로움, 그 온기가 그리워 늘 그들에게 돌아가고 싶다. 스치는 인연 속에서도 붙임성 있는 말 한마디, 연민의 감정이 살아갈 힘이 되는데, 하물며 지속적으로 만날 가족에겐 더 강력하게 필요하다.

가족만큼 자신에게 확실한 존재감을 주는 이도 없다. 음식이 가득 채워진 냉장고처럼 확실히 그 자리에 있다. 그러나 그 당연한 것도 어느 날 위태롭거나 부서진다. 떠나거나 남겨짐으로써 우리는 상실감에 휩싸인다.

내 나이 서른 즈음. 여동생이 먼저 집을 나가고 언니가 결혼할 때까지도 상실감을 잘 몰랐다.

이후 자주 독립한 나. 서울 하늘 아래 작은 방에 세 들어 혼자 살면서 가족에 대한 절절한 그리움이 싹트기 시작했다. 엄마가 됨으로 어머니의 소중함을 느낀다. 자식에 대한 애정은 날로 커진다. 특히 애 키우며 먹고 사는 일로 힘들 땐 어머니에 대한 고마움과 송구스러움에 가슴이 미어진다. 부모님 중에 한 분이라도 먼저 세상을 뜨면 한스럽고 사무친다. 못해드린 것이 많기에, 함께 숨 쉬고 느낄 수 없기 때문에 더욱.

가족은 서로가 당연히 있는 존재라고 여긴다. 자신에게 친숙한 사람들은 마치 공기처럼 느껴져 그 고마움이나 귀한 가치와 아름다움을 제대로 보기 힘들다. 그래서 지지고 볶고 다투고 화내고 직선적인 말들이 오가는 일이 많다. 스스로 자문해봐야 한다. 과연 가족의 울타리에서 서로 얼마나 이해하고 있는지. 자식 입장에서 부모를 얼마나 알고 이해하는지. 나도 부모님의 인생을 다 안다고 생각하며 살았다. 그러나 많이 모른다는 사실을 깨달았다

우리는 시간의 흐름에 따라 서로가 성장하고 있음을 자주 망각한다. 그래서 어릴 때 눈에 거슬렸던 단점이나 미웠던 점을 먼저 생각한다. 다 자란 뒤에도 그가 성장했음을 인정하지 않은 채 단점을 지적한다. 사람들에게는 눈에 보이는 성과가 없는 한 인정하지 않는 습관이 있다. 잠시 마크 트웨인의 얘기를 들어보자.

"내가 열네 살 때만 해도 우리 아버지는 무식하기 짝이 없었다. 그래서 그 노인 양반이 옆에만 있어도 참을 수가 없었다. 그런데 스물한 살이 되었을 때 그 노인 양반이 7년 동안 그토록 많은 것을 배웠을 때는 내가 아는 가장 머리 좋은 사람이 바로 아버지라는 사실을 인정하게 되었다."

유식함과 무식함의 차이는 먼저 알고 늦게 안다는 차이일 뿐이다. 현재 모르는 게 많다고 기죽을 필요가 없다. 먼저 알았다고 잘난 척도 하지 마라. 가족 속에서도 계급이 있다. 아주 민주적인 가정이 아닌 한 구성원 중의 한둘은 핍박과 소외를 당하게 마련이다. 저마다

가진 가능성을 바라봐주고 키워주는 여유가 부족하다. 집안이 순탄치 않을수록 더욱 그렇다.

세월이 흐르면 힘든 말, 아픈 말도 오간다. 먹고 살기 힘들 때 화풀이를 가족에게 풀었구나 이해한다. 서로 이해못할 때 우리는 얼마나 외로운가.

언젠가 〈정선아라리〉를 스무 날 계속 듣던 때를 기억하며 쓴 시가 있다. 정선 땅 굽이굽이 돌며 아, 인생은 저거야, 라는 느낌 속에서,

누굴 깊이 사랑해도 절대 고독감은 어쩔 수 없듯이 어떤 사이에서도 느끼고 마는 외로움. 그 외로움의 뼈 같은 길들을 피해갈 수 없다. 그래도 늘 미소가 오가고, 서로 마주 선 길 위에 따뜻한 인사가 꽃처럼 펄펄 내리기를 나는 바란다.

함께 있을 때 지지고 볶던 시간들도 혼자 남게 되면 더없이 그리운 것. 나도 우여곡절 속에서 사람의 한계와 위대함을 성찰하며 인생을 이해하고 배워왔다. 나의 시 〈황혼 아리랑〉을 잠시 여기에 놓아둔다. 헐렁 바지처럼 편하고 다정한 우리들이 되기 위하여……

언제나 밥과 난로와 맑은 물이 있으라
하루 건너씩 해질녘이면
아리아리 아리랑과 모차르트가 흘러라
서태지도 아리조나 드림도 좋으니 살맛나게 울고
타오르라 태양이여 추운 한반도를 녹여

강산은 강산마다

푸른 꽃그늘 풀어 춤추게 하라

때때로 지쳐 나는 넝마이니

따뜻한 스승인 자신감을 모셔

충실히 살자는 마음을 지펴라

어느 때든 희망의 징을 치고

힘들수록 헐렁 바지처럼 웃는

아리아리 다정한 우리들이 있어라

5 … 인생을
축제로
만들어라

멀어도
길을
찾아라

성공이란 반드시 돈이 많거나 명예를 얻는 것이 아니다. 사소한 습관, 성격, 단점 등을 조금씩 바꿔가는 것도 자신만의 대단한 성공이다. 관계 속에서 깊이 사랑받고 따스한 자신감을 갖는 것도 성공이다.

새집으로 이사한 지 열흘이 되었다. 비로소 작은 성공을 이뤘다는 기분이다. 이사로 인해 근육통, 몸살을 계속 앓지만 마음은 평화롭다.

주변의 지인들과 멘토께서 옛집에서 이사하기를 권했다. 그때마다 겸연쩍고 창피했다. 멘토는 누구에게나 조언을 아끼지 않는 지혜로운 분이다. 그녀는 나를 채근했다.

"얘가 왜 이렇게 말을 안 들어. 이사 가라니까. 양명한 곳으로."

"마치 이혼할까 말까 고민만 하는 사람처럼 집도 그래요. 어느 날 견딜 수 없어 뛰쳐나가려다, 그냥 살지 하면 또 살아지는 것처럼요."

이때만 해도 그리 심각하게 생각하지 않았다.

"그 집은 사람을 내치는 게 있어. 네가 잘 되려면 빨리 나와야 돼. 안 그러면 스트레스 쌓이고 누적되면 병날 수도 있어."

멘토님의 직관력을 신뢰하는 나인지라 깊이 고민에 잠겼었다. 생각해보니 그 집에서 참 잃은 것이 많다. 돈도, 사랑도 잃고, 왠지 계속 피로가 쌓인 듯 실제로 몸이 늘 묵직했다. 기운이 안 맞는 장소와 사람이 있다면 뭔가 바꿔야 한다. 사랑도 결심이듯 환경 바꾸기도 결심이다. 마침내 새집으로 이사를 오니 안정감이 들어서 일도 잘 된다. 언젠가 읽은 스트레스에서 벗어나기 위한 아홉 가지 충고가 떠오른다.

1. 아침에 15분만 일찍 일어나라(여유 있는 하루가 시작된다).

2. 시간 계획을 짜서 행동하라.

3. 책을 가지고 다니면서 틈틈이 읽어라(지루하지 않다).

4. 어려움이 생기면 누구에게든 의논하라.

5. 용모에 신경을 써라.

6. 나만의 공간을 가져라.

7. 걱정거리를 머리로만 생각하지 말고 종이에 구체적으로 써보라.

8. 하기 싫은 일을 미루지 말라.

9. 땀이 날 만큼 운동을 하라. 목욕을 하고 충분한 수면을 취하라.

어딘가 숨 막히는 기분이면 바꿔보라. 용모에 신경을 쓰는 만큼 자신만의 공간을 다시 꾸미거나 이사를 해보라. 인생의 목표들을 다시 짜고 스스로 새로워지기. 그날 일은 그날 마무리 짓는 습관을 붙이면 삶은 더욱 가뿐하다. 많은 이들은 항상 목표를 세우고 중도에서 멈추곤 한다.

"그냥 생긴 대로 살지 뭐. 이만큼도 잘했어."

우리는 이럴 때만 놀랍게도 낙천적이다. 그러나 우리는 더 나아갈 수 있고, 빛날 수 있고, 아름다울 수 있다. 꿈을 꾸면 꾼 만큼, 애쓰면 애쓴 만큼 이루어진다. 인생은 내가 원하는 삶과 다른 방향으로 흘러가기 일쑤다. 그때마다 좌절하고 절망한다.

나는 늘 가슴속에서 외치며 결심한다. '사랑도 일도 결심이다' 삶의 목표를 분명히 하고 비전을 키우고 나아가기. 저마다 가진 숨겨진 잠재력을 키워가기. 스스로 만든 계획과 다짐을 하나씩 이룬 작은 성공의 때가 바로 당신의 전성기다.

특별히 신나는 일이 없어도, 당연히 여긴 것들에 대해 늘 감사하는 습관이 바로 '성공'이다. 매사에 감사하면 매일이 경쾌하다. 재미없던 것들이 흥미를 돋운다. 집안 공기에도 여리고 따뜻한 기운이 배어 하루가 즐겁다.

사과 주스를
마시고
사과가 되었네

감미로운 6월의 바람, 투명한 햇살, 푸른 잎사귀를 피워 올리는 나무들, 동네 어디선가 날아오는 꽃향기, 보송보송한 것들. 이게 뭘까, 뭘까 하며 나도 사뿐 날아가고 싶었다.

시간이 흘러 이런 평화로운 기억이 어느 날 불쑥 떠오르겠지. 이렇듯 오랜 후에도 남아 있는 것들은 기묘하다. 내 곁에 남은 사람, 떠났어도 남은 향기로운 기억, 남아 있는 시 한 수.

살다보면 그날이 그날로 지루한 시간의 반복이다. 너무 뻔한 연애 스타일은 어느 틈엔가 권태롭다. 인간관계도 서로 정들었어도 어느 순간 잠시 멀어진다.

그러면 삶이 권태로울 때 우리는 어떡해야 할까? 생활 속에서 무어든 창의적으로 생각해 보라. 창의력은 일상생활 곳곳에 새로이 숨결을 불어넣고, 꽃 피우고 다시 살게 만든다. 어떤 작가든 일상

속에서 소재를 찾는다. 정도의 차이가 있을 뿐, 누구라도 일상에서 벗어날 수 없다. 창의력 하면 꼭 시인, 소설가, 예술가, 과학자 등 특별한 작업의 사람들을 떠올리지만 창의력은 누구에게나 필요하다. 창의력을 계속 구하는 사람은 다음과 같은 장점들을 얻을 것이다.

1. 일상 생활 속에서 큰 열정과 호기심을 가지고 산다.

2. 더 자유로운 의식으로 삶을 이끌기에 생계 문제까지도 연결시켜 더 많은 유익을 이룬다.

3. 어떤 문제가 생겨도 더 쉽게 풀고 삶을 풍요롭게 한다.

4. 일상생활 곳곳을 새롭게 숨결을 불어넣고, 꽃 피우고 다시 살게 만든다.

5. 창의적인 사람 스스로도 더 자신감있게 살며, 살아 있는 기쁨을 더 크게 누릴 수 있다.

6. 사람들을 행복하게 하는 유머나 덕담, 영감을 주는 발상도 창의력으로 더 빛난다.

나는 시간의 흐름 속에서 꼭 기억하고 되짚고 싶은 일들은 항상 스케치하고 메모한다. 메모를 살피다 보면 번득이는 구절이나 생각들이 예기치 않은 순간에 터져 나온다. 그래서 늘 펜과 메모지를 가까이 한다. 내 경우, 보던 책 뒷장은 메모투성이다. 그리하여 수많은 메모들을 한가로운 시간에 펼쳐보며 집중력을 갖고 작업한다.

그날로 완성이 다 이루어지는 게 아니다. 1년, 2년, 3년… 십년이

가도 마음에 안 들면 절대 시집에 넣지 않는다. 그냥 성에 찰 때까지 계속 고친다. 그렇게 고친 내 작품을 한 편 골라봤다. 다음의 시가 일상성을 창의력과 연결시켜 이해할 수 있으리라.

토마토 주스를 마시고 저는 토마토가 되었습니다

거친 시계소리 들으며 제 머리는 시계가 되었구요

바람 부는 마당에

당신은 하얀 빨래가 되어 흩날립니다

꿈이 빗나가는 세상에서

꿈속 세상이 있기에 나는 살아지는데

당신은 꿈마저 버려서 살아진다 합니다

버리고 버려서 하얗게 흩날릴 때마다

봄 바람이 되고

빨간 수수밥이 되어

웃으시는 당신

어여 와, 밥 먹자구!

내 시집 『해질녘에 아픈사람』에서 뽑아본 시 〈당신도 꿈에서 살지

않나요?〉이다. 맨 끝구절인 "어여 와, 밥 먹자구!"는 평범한 일상용
어이다. 이 용어 하나가 시적 분위기를 쉽고도 친밀감 있게, 생생하
게 만든다. 그러면 다른 예술가들이 일상을 보는 방법들은 어떨까?
저마다 개성과 바라보는 시선의 차이는 있어도 일상을 떠나 작품을
이룰 수는 없다.

일상성은 다르게 보면 실용성이다. "실용적으로 꿈꿔라"고 했던
올더스 헉슬리의 말이 기억난다. 그 실용적인 일상성에 창의성을 더
해 삶은 예술이 된다. 예술을 굳이 멀리서 찾을 필요가 없다.

"예술! 그 얼마나 멋진 말인가! 예술은 내 생명을 구했다! 예술은
사람이 마음껏 행동할 수 있는 곳이다."

그러나 이 윌리엄 윌리의 말이 예술가에게만 해당하는 말이 아닐
것이다. 일반인 누구라도 일상 생활이 창의적이라면 자유로움과 행
복을 누릴 수 있다. 창의적이고 독창적인 생활을 위한 다음 방법들
을 생각해봤다.

1. 고정관념을 버리고 머리와 가슴을 텅 비워보기.

2. 기존의 생각과 달리 반대로 보고 반문하기.

3. 자신의 방법을 객관적으로 살피기.

4. 눈치 보지 말고 직관을 믿고 끈기 있게 나아가기.

5. 다양한 정보와 지식으로 시대의 트렌드와 미래 속에 자신의 생각을 놓고
   살피기.

6. 많은 만남을 갖고 일정한 시간대를 정해 생각하기.

7. 시와 소설과 영화 등 예술 분야에서 영감을 얻기.

이것을 어떻게 일상생활로 가꿔야 할지, 그래서 어떻게 삶을 더 멋지고 기발하게, 신비하게 바꿀지 똑같은 일상도 조금만 뒤집어 보면 새로운 것이 보이겠지. 무료한 삶을 기발한 아이디어로 채워 보기를.

막.힘.없.이. 흐.르.도.록. 버.리.기.

버리는
자리에
태양이 뜬다

외출했다가 집 현관문을 열자 치자꽃 향기가 온몸을 휘감았다. 희고 기품 있는 모습에 튼튼한 줄기까지, 잘 자라준 녀석이 기특하다. 그 하얀 꽃이 핀 줄도 몰랐다. 베란다로 달려가 꽃에게 인사를 하고, 기분이 좋아 노래를 흥얼거렸다. 이럴 땐 혼자 있어도 따뜻한 시간이다. 숨 돌릴 틈도 없이 일에 치이다가 모처럼 갖는 여백의 시간이다.

마음을 청소하고 성자의 행복을 만끽하는 오후 두 시. 방으로 비껴드는 햇살. 사소한 기쁨 속에서 마음만큼 생활의 청소는 잘하고 있는지 살펴보았다. 또한 쓸데없이 끌고 다니는 물건이 얼마나 많은지도. 마더 테레사가 말씀하셨다.

"검소한 생활을 하면 진리를 찾을 수 있다."

맞다. 검소한 생활을 하면 눈에 걸리는 것이 적다. 잡다한 것에 마음을 빼앗기지 않게 된다. 가치 있게 살기 위해 검소한 생활을 하고 싶다. 정말 아끼는 것만 가지고 단순하게 살기. 이것을 알면서도 수 년 째 끌고 다니는 쓰지 않는 물건들이 얼마나 많은지.

언제든 쉽사리 이사 갈 사람처럼 살고 싶다. 우리 집은 책이 참 많다. 책의 부피는 살이 찌는 것처럼 부담스럽다. 그래서 꼭 간직할 책이 아니면 주변의 카페나 지인들한테 건넨다. 되도록이면 잡다한 것을 방 안에 두지 않는다. 잡다한 것이 많으면 인생에서 중요한 것을 제대로 못 본다.

오늘도 여느 때와 마찬가지로 도서관에 갔다. 신간 코너에서 우연히 본 풍수 인테리어 책을 펼쳐보았다. 이런 대목들이 눈길을 끈다.

1. 집안에 모든 문들은 장애물이 걸리는 일 없이 잘 여닫혀야 한다.

2. 집을 살 때 욕실이 집 한가운데 있는 집은 피한다.

3. 현관문을 열었을 때 마주보는 곳에 화장실이 있으면 좋지 않다.

4. 창문 너머로 묘지나 병원이 보일 경우, 커튼이나 블라인드를 단다.

5. 집 안이나 사무실에 쌓여 있는 잡동사니를 갖다 버린다. 어디든지 항상 예비 삼아 빈 공간을 마련하는 게 좋다.

6. 고장난 물건, 얼룩진 셔츠 등 사소한 것들 때문에 괜히 소중한 에너지를 낭비하지 말고 버려라.

7. 사무실이든 집이든 필요할 만한 곳마다 반드시 쓰레기통을 준비해 둔다.

풍수를 지나치게 믿진 않지만 꽤 설득력 있는 충고다. 몸이든 집이든 기氣가 막힘없이 잘 흘러야 만사형통이다. 흘러가는 좋은 기운 속에 만복이 조화롭게 흘러간다. 어떤 이는 침대 위치나 책상 위치만 바꾸어도 일과 사랑이 술술 풀렸다 한다. 술술 풀리는 기운이 자신감을 주고, 속을 트이게 하고, 생각도 긍정적으로 바꿔놓았다.

가구의 색만이라도 통일시켜 보라. 인테리어를 해도 살림이 간단하다. 정리하고, 통일감을 주고, 이렇게 어지러운 것들을 내버릴 만큼 마음이 단련되어 있었나 보다.

장소에 따라 사람의 운명은 바뀐다. 버릴 것은 버리고 간소하게 살기만 해도 바뀐다. 그래야 집안 전체 분위기가 환하다. 작년에 이사 왔을 때 단시간에 예쁜 집을 만들려고 만신창이가 되도록 일했다. 목은 붓고, 어깨 근육통에 시달리며 온 집안 낡은 가구에 색을 입혔다. 나는 페인트칠을 빠르게 아주 잘한다. 마침내 오래된 가구들을 다 칠했다.

공간을 되도록 넓게 쓰기 위해 없어도 될 서랍장과 책을 정리했다. 책장 두 개도 없앴다. 그리고 전자렌지를 과감히 없앴다. 없어지면 한동안 불편해도, 나중에는 그게 그리 필요했나 싶게 잊는다. 빈 공간을 많이 남겨둘수록 사람 마음도 넓고 커지게 마련이다. 13년 된 냉장고도 버리고 작은 것으로 바꿨다. 새 냉장고를 가져온 직원이 탄성을 질렀다.

"와, 예쁘다."

"네, 이번 집 콘셉트는 순결과 기쁨이에요. 후후."

나는 국화꽃 같은 미소를 지었다. 전에는 바다 같은 파란 느낌을 강조했다. 주인댁에서 신혼집처럼 깨끗하게 싱크대 벽지를 바꿔주실 때 내가 경비를 조금 더 투자해 고급스럽게 꾸며보았다. 행복은 느낌이다. 그래서 방은 따사롭고 편하게, 느낌 있게, 깊이 있게 연출했다.

이렇듯 조촐한 살림이지만 감사하며 최대한 단순하게 꾸미고 정리하려고 애쓴다. 소중한 것은 자신과 생활을 돌아봐야 보이는 법. 인생에서 중요한 것과 중요하지 않은 것을 가려본다. 쓸데없는 욕망이나 야심, 걱정에 안 빠지게 유의한다. 걱정도 정리해야 새로운 마음이 깃든다. 정리한 그 자리에 향긋한 치자꽃 화분을 하나 놓아두어도 좋으리라.

쓸.쓸.한. 가.난. 잘. 이.겨.내.기.

가난해야
채울 수 있지

연료를 아끼느라 가스 보일러를 꺼두었는데 그런대로 지낼 만하다. 할 일이 가득 쌓였지만 느긋하게 여유를 부리고 싶다. 이런 여유가 어떻게 생겼을까. 영혼을 마사지하듯 탄력 있게 해준 시와 예술, 그리고 넉넉한 가난 덕분이다. 쓰러질 듯 춥고 가난할 때마다 용기를 준 내 인생의 메시지들이 그 안에 있다.

"초라하고 가난할 때만이 더 많은 것을 할 수 있다."

이것은 마르케스의 『백년 동안의 사랑』의 한 구절이다. 힘들 때 나에게 가장 위로가 되어준 말이며, 이 시대에도 꼭 필요한 잠언이리.

돌이켜보니 내게도 부모를 떠나 홀로 보낸 혹독한 가난의 세월이 있었다. 실업자로 지낸 시절도 있었고, 보일러가 고장 나기 일쑤여서 추운 방에서 잠자던 옥탑방 시절, 방음이 전혀 안 되는 전셋집에 살던 시절, 보증금을 빼서 사진 배웠던 시절도 있었다. 흉가같은 아파트인 줄 모른 채 이사하여 두 달 반 만에 도망 나오기도 했다.

그 가운데 제일 힘들었던 시기, 이제는 참 오래 전의 이야기가 되어버린 추운 집에서의 일들이 떠오른다. 방 한 칸짜리 집에 살다가 두 칸짜리로 옮긴다는 것만으로도 얼마나 기뻤던가. 그런데 그 집의 난방시설은 연탄을 때던 아궁이를 개조한 석유 보일러였다. 한 겨울, 아랫목만 따뜻하고 윗목은 차디차기만 했다. 더군다나 거실은 나무 바닥이라 영하 10도 아래로 내려가면 전체가 얼음집이 되어버렸다. 하수구가 얼면 다용도실에 물이 차올라 그대로 얼어버렸다. 울면서 얼음을 깼던 기억이 난다. 무엇이든 처음 겪는 일은 어찌할 바를 모르는 법. 겨울을 겨우 견뎌내고 봄에 이사를 나왔다. 한 달 지나 우편물 때문에 그 집을 다시 찾았더니 새로운 세입자가 내게 물었다.

"여기서 어떻게 살았어요?"

"왜요?"

"거실에 나갈 땐 꼭 죽으러 나가는 것 같아요."

나는 빙긋이 웃었다.

"죄송합니다. 방을 따뜻이 덥혀놓고 나오지를 못했네요. 그런데 이 집 추위를 잘 견디면 도가 트기도 하던데요."

그렇다. 그해 겨울에 겪은 끔찍하게 추운 집 덕분에 나는 추위에 참 강해졌다. 그런 것을 생각하면 세상에는 쓸모없는 게 하나도 없을지도 모른다. 고통을 약으로 만들기. 자신을 강하고 지혜롭게 만들기.

그런 만큼 연약함 속에 겸손함을 잃지 않기. 그리하여 가난한 자와 함께 가난하게 되며, 약한 자와 함께 약한 자가 되며 거절당한 자들과 함께 거절당한 자가 되는 마음을 그 춥고 가난한 집에서 배웠다.

가난을 좀 깊이 들여다보면 '자발적 가난'이 있다. 스스로 택한 정신적 삶의 가치를 중요시하며 내가 가진 것을 세상과 나누려하는 가난이다. 또 하나, '고통과 형벌로서의 가난'은 자본주의에 길들여진 사람들이 갖는 개념이다. 고통으로서의 가난에 길들여진 삶에서 나는 조금 비껴나 있다.

학자 솔즈베리의 요한네스가 말했다. '모든 땅은 하느님이 깃든 영혼의 땅이라는 철학을 경험하게 된다'고. 그건 맞다. 많이 가지면 신경 쓸 게 많아지고 지키느라 괴로움도 많다. 완전한 무욕은 힘들다. 그래도 자꾸 비우면 나누고 싶어진다. 타인에 대한 사랑도 커진다.

가난이라 함은 군더더기 없음이다. 그래서 명료하게 사고할 힘이 더 커진다. 그 시절이 있었기에 단순한 삶에 대한 갈망이 크다. 그래서 남과 나누는 마음이 생겼다. 나는 더없이 춥고 가난한 시절이 있기에 꿈도 더 많이 꾸었다. 젊었기에 거칠 것 없이 도전할 수 있었다.

흔들릴 때마다 나를 세워주는 것은 젊은 날, 그 추운 집에서의 추위다. 추운 집, 그 쓸쓸한 시절을 잘 이겨내 지금 이렇게 마음 따뜻한 부자로 살아갈 수 있음에 감사한다.

상.상.력, 용.기, 약.간.의. 돈. 저.축.하.기.

오늘도
해와 바람은
공짜다

집 밖을 한 발짝만 나서도 돈이 든다. 돈이 없으면 모든 것이 정지한다. 다만 공짜로 부는 바람과 공짜로 뜨는 해와 지는 노을에 목메이게 울 뿐이다. 그렇게 주머니가 비면 불안하다.

"건강한 사람도 돈이 없으면 절반은 병든 것이다."

괴테의 이 말에 공감해 본다. 결국 돈을 귀하고 좋게 생각하라는 뜻이다. 살면서 가장 큰 후회는 재테크나 경제의식 없이 불혹을 맞은 점이다. 돈도 없는데, 무슨 재테크, 하며 신문 경제면도 살피지 않았다. 서른 후반에 알게 된 비과세 통장에 기껏 저축밖에 몰랐다. 돈이 없어도 꼼꼼한 재테크 공부가 필요하다. 현재가 불행해도 미래 준비는 필수다. 더불어 영혼의 재테크 준비도 필수. 그것이 안 되면 마음을 바꿔야 한다.

어느 가족여행 때 부동산 투자로 노후 준비를 끝낸 친구의 전화를 받고 오전 내내 몹시 부러웠더랬다. 우리만 바보같이 사는 게 아닌가 싶어 서글펐다고 하자, 형부가 이런 말씀을 하셨다.

"2백억을 가진 어떤 부자가 어떻게 하다 1백억을 잃었어. 1백억이 남았다는 사실을 잊고 자기 인생 망쳤다고 자살해 버렸어."

가지려고 애쓰다 왜소해져버린 자신을 못 견뎌 죽은 것이다. 나도 어리석은 때가 있었으므로 그의 어리석음을 이해한다. 절망에 휩싸여 못 빠져나왔으니 어쩌겠는가. 큰 욕심 없이 소박하게 사는 가족의 활짝 웃는 모습, 참 아름다웠다.

그날 함께 있던 제부가 여동생에게 외친다.

"여보 천만 원만 줘. 도로통행료 내게."

"당신, 어떻게 알았지? 내가 거금 1억을 갖고 다니는 줄."

통행료 천 원을 건네는 여동생 말에 모두 웃었다. 이처럼 돈은 숫자이다. 이런 대화는 상상력이다.

자신이 가진 것에 만족하는 자가 진정 부자다. 스스로 만족해야 행복한 자임을 모두 알 것이다. 저금통에 값싼 동전을 하나씩 넣다 보면 꿈에 조금씩 다가가는 기쁨에 사로잡힌다. 뭔가 이루는 기쁨, 그 환한 기운에 사로잡히고 싶다. 이렇게 어려운 시기엔 그냥 밥 먹고 살면 되지 않나. 찰스 디킨즈가 이런 말을 했다.

"지위나 돈만이 인생의 전부는 아니다. 정말로 소중한 건 따뜻하게 배려하는 마음이다."

찰리 채플린의 영화 〈라임라이트〉에서는 춤을 추지 않으면 불안한 발레리나가 나온다. 그녀는 이렇게 말한다.

"인생에 필요한 것은 상상력과 용기 그리고 약간의 돈이다."

돈은 어디까지나 수단일 뿐, 목적은 아니다. 진정한 삶은 영혼의 문제에 달려 있다. 상상력이 있어야 돈도 잘 쓴다. 집 사고, 차 사고, 이게 전부가 아니다. 내가 가진 것을 나누었을 때, 그것이 씨앗이 되어 수많은 열매를 맺는 모습을 그리는 상상력이 필요하다. 돈이 많다 해서 부자는 아니다.

조금은 불안하고 가난해도, 늘 평안하고 마음은 부자인 채로 살아갈 수 있다. 그것을 가르는 기준은 상상력이다. 나눔의 상상력, 감사의 상상력, 돈을 의미 있게 사용할 줄 아는 상상력. 이것만 있어도 행복을 누릴 수 있으리라.

또한 이 세계에서 돈을 잘 버는 방법을 가르치는 일만큼 아름다움을 느끼는 감각을 가르치는 교육이 절실하다. 그 아름다움을 볼 줄 안다면 돈 위주의 삶에서 조금 비껴난다. 인생의 본질이 제대로 보인다. 구름에 달 가듯 마음이 편안하다.

돈 버는 게 인생 목적이 아니라, 남에게 베풀면서 더불어 아름답고 따뜻하게 살자는 생각에 돈이 절실하다. 이 마음은 변함없다.

좀 더
나은 곳으로
데려가는 사랑

삶이란 자신을 망치는 것과 싸우는 일이다
망가지지 않기 위해 일을 한다
지상에서 남은 나날을 사랑하기 위해
외로움이 지나쳐
괴로움이 되는 모든 것
마음을 폐가로 만드는 모든 것과 싸운다
-〈나의 싸움〉 中에서

어제는 참 날이 흐렸다. 구름이 낡고 거대한 거즈처럼 펼쳐졌었다. 그 거즈에 피가 묻은 것처럼 마음 한구석이 아팠다. 내 생일을 축하해준다고 고향서 아버지께서 올라오셨다. 잔정이 많으신 아버지는 언니와 조카도 불러 생일밥을 사주시고, 내게 용돈까지 주셨다. 자주 못 만나도 혈육이 있다는 것만으로도 힘이 되는 시간. 생일엔 유난히 하늘나라 어머니가 더 그립고, 딸이 그립고, 나의 주님이 그립다. 그 그리움에 흐린 저녁 하늘이 더욱 투명하게 내 눈을 적셔왔다.

최근 본 영화가 생각났다. 〈유키와 니나〉. 무늬만 부부나 이혼 가정의 어른들이 보면 더 좋을 영화다. 이혼한 엄마와 사는 유키. 곧 이혼할 엄마따라 일본에 갈 니나. 9살짜리 두 꼬마의 애잔한 이야기다. 복잡미묘한 어른들의 현실세계와 순수한 두 소녀 내면 심리와 맑고 투명한 시선이 인상깊다. 니나네 부모의 이별을 막기 위해 두 소녀가 사랑의 편지를 써서 우체통에 넣는 모습. 부모의 엷어진 사랑의 흔적을 찾아주려는 애들의 노력이 아프고 아름답다.

둘이 가출하여 숲을 헤맬 때는 남 일 같지 않았다. 푸른 바람에 흔들리는 여름 나무. 그 사이로 쏟아지는 찬란한 햇빛. 끝이 안 보이는 숲에서 헤매는 아이들. 결국 두 아이도 서로 떨어져 헤매게 된다. 겹치는 현실과 미래환상 장면. 부모의 이혼으로 변화에 적응이 힘든 아이들의 노력들에 마음이 에인다. 영화 속의 두 소녀의 대화가 가슴을 파고든다.

"슬픈데 왜 헤어지려고 해?"

"엄마가 사랑에도 방학이 필요하대."

그래, 사랑에도 휴식이 필요하지. 그러나 완전한 이별은 또 다르다. 아이들은 아이들만의 불안과 슬픔이 진하다. 남다른 가정에서 사는 내 딸도 새 아빠를 그리워하고 그 갈망이 크다. 재혼이란 게 현실적으로 쉽지 않아, 어미인 내 마음이 에일 때가 많다.

세상의 많은 이혼가정의 아이들을 어른들이 배려해줬으면 한다. 그런데 현실은 그렇지 못하다. 너무나 바쁘게 돌아가고, 생존을 위해 저마다 고군분투하느라 남들 입장까지 배려하는 법을 잊어가고 있기에.

며칠간 나를 아프게 한 일로 배려심에 대해 깊이 생각해본다. 한

스포츠 신문에서 십수 년 전에 발간한 나의 두 번째 시집 『세기말 블루스』를 다룬 얘기를 지인들에게 들었다. 돌풍을 일으켰다고들 하는 이 시집에서 섹슈얼한 시와 이미지, 글귀만 모으고 누가 찍었는지도 모를 참 서글픈 사진을 사용했다. 나의 시는 인간의 잠재욕구와 내면심리를 쓸쓸하고 도발적으로 다룬 치유와 위로의 시들인데, 선정적이고 흥미 위주에다 지면 위치도 배려없이 처리하여 나를 쓸쓸한 구석으로 몰아갔다.

또 이틀 후 한 여성지에서 젊은 날의 휴가 체험담을 실은 인터뷰 기사도 문제였다. 기사는 내가 제일 싫어하는 말-당당한 싱글맘 작가,로 시작했다. 말에 혼과 기운이 있어서 그 사람을 그 영향권에 머물게 하는 게 있다. 그 기자는 힘든 삶 속에서도 꿋꿋이 잘 살아가고 있다는 칭찬과 격려로써 호칭을 사용했을 것이다. 하지만 한때 사회적 반향을 일으켰고, 소외된 많은 여성들에게 위로가 되었던 그 책이 주는 사회적 의미보다 이제는 내 개인의 행복이 절실히 그립다. 그래서 이 책은 이미 절판시켰다.

나는 여성지 기자에게 가슴속 열망을 호소하였고, 며칠 끙끙 앓았다. 이 문제를 지혜롭게 풀기 위한 편지를 썼다.

과거는 내게 소중해요. 내 책은 최선을 다해 잘 썼구요. 그런데 필요에 따라 부분만 따오는 건 마땅치 않아요. 내 현재의 시간, 미래의 꿈이 있는데, 이미 오래 전 이름들로 앞이 가로막히는 게 싫어요. 시인이고 사진 작가인데 왜 군이

사적인 '타이틀'을 갖다 붙이는지요? 이제는 애가 커서 딸에게 상처주는 '싱글맘'이란 호칭을 막고 싶어요. 사적인 생활은 드러내지 않는 게 행복을 얻는 길이더군요. 조용히 살고 싶어요. 어차피 사람은 조금이라도 누구든 사용하거나 누구에게나 사용당할 수 밖에 없어요. 다만 배려해서 서로에게 유익이 돼야 해요. 피해를 줘선 안 되지요. 배려해서 쓴 기사는 창작자에게 계속 열심히 하라는 채찍질이 되고, 용기와 희망이 됩니다. 언젠가 스텝 패밀리를 이끌고, 조용한 행복을 누리며 사는 꿈이 있어요. 그때까지 배려하고 도와주세요.

내 살 베어먹듯 싱글맘이란 주제의 책 출간으로 판단을 잘못한 나 자신이 밉고 싫었다. 사람은 내일로 향하는 법이다. 지난 힘든 시절에 묶이길 싫어하는 본성이 있다. 부모가 되면 애가 크고 변화함에 따라 신념도 변하더라.

하루 이틀 새에 벌어진 일로 이웃에 사는 디자이너 영희 씨가 내게 생일주를 사주었다. 두 눈에서 눈물이 그치지 않고 흘러나왔다. 여섯 시간째 하염없이 바보처럼 눈물이 쏟아졌다. 영희는 우스갯소리로 나를 위로했다.

"언니, 우시니까 20대야. 젊음엔 수분 공급이 최고야."

슬며시 웃음도 나왔다. 밤마다 운동을 같이 하는 스물여섯 살 윤진이도 왔다.

"선생님, 왜 얘길 안하셨어요. 생일은 꼭 축하해야 되는 건데."

그녀의 말에 빙긋 웃었다. 울 때 누가 곁에 있어주는 것이 이렇게

나 힘이 될 줄은 몰랐다. 거의 홀로 울거나, 메마른 채 살 때가 많은데… 인생은 사람들, 기회. 적시의 도움, 인력의 법칙을 통해 삶의 에너지를 얻는다. 서로 기운이 통하는 사람들과 서로 끌어당기고 기회도 함께 나눈다.

많은 기자님들 중에는 작가에게 큰 감동을 주어 생각만 해도 고마운 이들이 더 많다. 서로 통하면 오래갈 우정으로 발전한다. 일 년에 몇 번 못 만나도 만나면 고마워서 퍼주고 싶은 인연들. 그런 인연 중 가장 친분이 두터운 최선영이가 나를 위로한다.

"목소리까지 잠긴 거 보니 언니가 상처 많이 받았나 보다. 나도 마음이 아프네. 기자의 속성이 가십거리나 흥미 위주와 센세이션, 선정성 있는 기사를 만들어야 먹고 사는 거니, 화살들 다 뛰어 넘기세요. 공부나 일은 안 힘든데, 사람들이 젤루 힘들더라. 눈물 뚝 하시고, 분홍색 립스틱 바르고 바람이라도 쐬세요."

분홍색 립스틱 바르라는 선영이의 유머에 웃음이 나왔다. 마침 아버지께 전화가 왔길래, 생일 챙겨준 은혜에 고마움을 표시했다.

얼마나
멋진가!
살아 있다는 것은…

비가 그친 후 저녁 햇살이 춤추었다. 동네 어디선가 라일락 같은, 그러면서 라일락과는 다른 꽃향기가 바람을 타고 흘러오고 흘러갔다. 이런 가슴 충만한 향기를 맡으며 조카 문유진이를 데리고 영화관으로 향했다. 꾸준하게 자아를 찾아 오래 방황했던 조카는 그 시간들이 헛되지 않게 뉴욕주립 대학교에 합격했다. 합격을 해놓고도 포기할 상황이었지만, 우여곡절 끝에 입학하기로 결정했다. 축하도 할 겸 그동안 어떻게 변했는지 궁금해서 조카를 불렀다.

유진이가 초등학생 때 2년간 글짓기를 가르친 적이 있다. 그 이후에 이렇게 따로 만나 함께 영화를 보는 것은 처음이었다. 같이 식사를 하고 영화를 보고 카페에서 이야기를 나누는 내내 똑똑한 여성이 된 조카가 놀랍기도 하고 대견스럽기도 했다. 조카에게도 딸을 대할 때 느끼는 풍요로운 포만감이 있었다. 그냥 보기만 해도 배부르다고 할까. 하염없이 안아주고 따뜻하게 품어주고만 싶은 마음이었다.

우리가 본 영화는 〈싱글맨〉이었다. 세계적 패션브랜드 구찌의 대표 디자이너인 톰 포드 감독이 만든 영화다. 주인공 조지는 오랜 연인 짐의 죽음으로 인생의 의미를 상실한 채 외로운 일상을 견디기 힘들어했다. 그는 대학교수이자 동성애자였다. 유일한 여자 친구 찰리가 조지를 위로하기 위해 하룻밤의 사랑을 제안하지만, 그의 마음을 잡지는 못했다. 그런데 자살을 꿈꾸던 조지에게 매력적인 제자 케니가 나타나고, 비로소 옛 연인을 잊고 새로운 삶을 열어가려는 순간 그는 그만 심장마비로 사망하고 만다.

이 영화는 인간이 가진 상실감과 두려움을 빼어나게 그린 수작이었다. 주인공의 몸 안을 흘러 다니는 두려움은 바로 나의 것이자 우리 모두의 것이기도 했다. 조지는 말했다.

"두려움이 우리 세계를 잠식하고 있어. 또한 두려움은 통제수단이 되기도 하지. 늙어간다는 두려움, 혼자가 되는 두려움, 쓸모없다는 두려움……."

조지의 대사는 두려움에 휩싸여 살아가는 현대인의 마음이다. 두려움을 이기려고 마약까지 하는 케니는 이렇게 말한다.

"전 가끔 두려움에 마비될 것 같아요."

이 또한 누구나 한 번쯤 겪어봤을 감정이다. 주인공의 상실감은 이별을 통해 내가 잃었던 감정이라 무척 공감되었다. 영화를 통해 나는 자신을 보고 모든 사람의 마음을 보았다. 영화를 보고난 조카의 소감은 스무 살짜리 아이의 생각이 아닌 속 깊은 어른의 그것이었다.

"감독이 두려움을 잘 표현한 건 좋았지만, 나는 죽는 날까지 저런 두려움에 휩싸여 살지 않겠단 생각을 했어. 비참해. 생각의 뿌리가 부정적인 마음에 닿아있어. 나는 주인공처럼 이성의 사랑에만 매여 살고 싶지 않아. 사랑하는 이와 하느님께 시선을 두면서 나누고 봉사하는 삶을 살고 싶어."

나는 조카의 신앙심과 성숙한 연애관과 인생관에 잔잔한 감동을 받고 한 수 배우기도 했다. 조카는 달무리꽃처럼 빙그레 웃으며 친구를 대하듯 나에게 칭찬을 한다.

"이모 많이 변했다. 나이가 들면 자신을 변화시키기 힘들다고 하던데, 이모는 대단해. 어쨌든 다 잘 될 거니까 걱정 마."

쑥스럽기도 하고 흥미롭기도 했다. 예전의 나는 겉으로는 낙천적으로 보여도 내심 비관적이고 우울한 사람이었다. 그런데 이제는 긍정적인 마음을 지니게 됐고, 귀한 인연을 통해 부서질 듯 아프면서 많은 것들을 깨우쳤다. 그런 날들이 생각할수록 고마웠다. 제대로 사랑한다는 게 뭔지 이제는 알 것 같다. 언제나 처음과 같이 정성을 다해 살고 사랑하리라 마음을 다지고 있다.

내가 생각하는 인생의 축제는 많이 웃고 살 기회를 만드는 것, 그래서 모두가 행복해지는 것이다. 그리고 영혼이라는 고향으로 돌아가는 것, 몸과 마음에 여유가 생겨 따스하고 부드러워지는 것, 고단한 삶이지만 밝고 따뜻하게 살아가는 것이다. 그날 밤, 집으로 돌아온 나는 풍요로운 느낌을 간직한 채 조카에게 편지를 썼다.

유진아, 네가 이모랑 인생 이야기를 할 만치 자라주어 기쁘단다. 그래, 사랑하는 사람끼리 같은 곳을 바라봐야 그 사랑이 끝까지 한다는 사실을 명심하고 있단다. 영원한 것을 바라봐야 사랑 또한 영원할 수 있다는 사실을 알고 있어. 계속 노력하고 훈련해야 한다는 사실도. 다시 태어난 듯 아름다운 날들이 이어지고 있구나. 허투로 보내면 안 될 소중한 시간들, 너희 세대는 형제자매들이 많지 않으니 사촌인 서윤이와 서로 의지하며 자라거라. 울렁울렁 너의 멋진 내면은 너를 더욱 아름답게 할 거야. 우리의 인생, 함께 하는 시간들, 모두 잊지 못할 축제로 만들자구나.

도시에서는 흙이 있는 땅만큼이나 별을 보기가 힘들다. 별을 보기 힘든 도시생활을 언제까지 해야 하나 두려울 때 하늘을 본다. 잠잠히 하늘을 우러르면 별들이 하나 둘 보인다. 여유를 갖지 못하기에 보지 못했던 것이다. 그렇게 삶은 답답하고 아득할 때마다 별을 발견하듯 아름다움을 발견하는 일이 아닐까. 주변 사람들을 하나씩 알고 이해하고 그들만의 아름다움 또한 발견하는 일일 것이다.

그 아름다움이 인생을 더욱 뜻 깊은 축제로 만들어 가리라. 초여름 바람이 아스팔트 도로에서 올라오는 열기를 안고 먼 도로 끝까지 일렁이며 스쳐지나간다.

사랑이
넘치는
내가 되는 법

온 가족이 차를 타고 길을 달렸다. 어머니의 묘소에 다녀오는 길이었다. 나는 식구들에게 큰 소리로 말했다.

"집에 그냥 가지 말고 저수지 들러 해 지는 모습이랑 물결 찰랑거리는 모습도 보자."

"얘는 매번 드라이브하자네. 그래 시인이 분위기 잡아보잰다."

아버지의 호응으로 식구들을 태운 차가 호수를 향해 달렸다. 달리는 차 안에는 멋진 음악이 흘러 나왔다. 먼발치에서도 해가 지는 빨간 기운이 스며왔다. 모두의 얼굴이 환해졌다.

"와, 해가 진다. 그런데 이 음악 이 풍경과 너무나 잘 어울린다."

그때 스피커에서 흘러나오는 음악은 〈You raise me up〉이었다. 노래는 그날따라 각별하게 아름답게 들렸다. 이윽고 우리는 호수에 도착했다. 빨간 햇살이 수면 위에 가득 퍼져가는 모습을 보자 눈물이 쏟아질 것 같았다. 어머니 생각이 났기 때문이었다. 잠시 떠났다가 다시 돌아오실 것만 같던 어머니. 방금 떠나온 묘소가 떠오르고 어머니에 대한 애잔한 그리움이 아련히 여울져갔다. 어머니도 우리와 함께 있는 듯 마음이 푸근했다. CD를 돌려 다시 〈You raise me up〉을 들었다. 노래 속에서 풍경은 더욱 감동스럽게 다가왔다. 시크릿 가든의 롤프 로블랜드가 작곡하고 브렌던 그래험이 작사한 영성에 가득 찬 이 노래 〈You raise me up〉은 가사조차도 감동스럽다. 내가 참 아끼고 싶던 사람에게 전했던 추억의 노래이기도 하다. 이 노래는 누구에게나 사랑하는 이와 함께 따뜻함을 나누고 싶게 하는 노래다. 거듭 들을수록 어둠 속에 울려 퍼지면서 환한 빛을 끌어당기는 듯하다.

내 영혼이 힘들고 지칠 때,

괴로움이 밀려와 나의 마음을 무겁게 할 때,

당신이 다가와 내 곁에 잠시 머물러주길…….

나는 이곳에서 고요히 당신을 기다립니다.

당신 어깨에 기댈 때 난 두려울 것이 없죠.

불안정한 우리들의 마음은 그야말로 제멋대로 뛰죠.

하지만 당신이 다가와 나를 경이로움으로 가득 채울 땐,

가끔 내가 어렴풋이 영원함을 느끼고 있다는 생각이 들죠.

당신이 나를 일으켜 주시기에 나는 산에 우뚝 서 있을 수 있고,

당신이 나를 일으켜 주시기에 나는 폭풍우가 몰아치는 바다도 건널 수 있답
니다.
당신 어깨에 기댈 때 난 두려울 것이 없죠.
당신은 나를 일으켜 나보다 더 큰 내가 되게 하니까요.
당신은 나를 일으켜 나보다 더 큰 내가 되게 하니까요.

노래 내용은 연약한 영혼의 한계를 깨달은 사람의 향기로 가득했
다. 호수 앞에서 이 노래를 거듭 들으며 가장 행복했던 순간에 대해
생각해보았다. 거의 자연 속이었다. 그리고 사랑하는 사람들이 있
었고, 음악이 있었다.

자연을 온전히 맛보려면 바쁜 발길을 멈춰보라. 느긋한 마음을 준
비하면서. 그리고 사랑하는 사람들과 여행을 떠나기. 여행을 떠나
함께 미래를 꿈꾸며 추억과 정이 쌓인다. 생활을 다시 일깨우고 새
로운 열정과 생명을 불어넣는다.

신성하고 영험한 장소의 에너지는 크다. 아름다운 선율로 그 에너
지는 배가 된다. 바람과 구름이, 꽃과 새들이, 산과 바다가 사람과
사람 사이에 아름다운 선율을 만들어주기 때문이다. 그 완벽한 풍
경 속에서 듣는 아름다운 노래. 오늘처럼 아름다운 〈You raise me
up〉이 흐른다면 우리는 지상에서도 천국을 누리는 것과 같으리라.

나를
내려놓으면
영혼이 보여

해질녘이면 신이 아주 가까이 와 있는 기분이다
졸리고 , 따뜻하고, 조금 쓸쓸하다
넋을 놓고 본 하늘 하염없이 펄럭인다
－〈졸리고, 따뜻하고, 쓸쓸한 저녁에〉 中에서

시적 정취가 사라지는 이 시대에 맛과 멋, 아름다움이 뭔가를 생각해본다.

"아름다움은 사람들로 하여금 그리워하게 한다"

이 말이 가슴에 뭉실뭉실 스며든다. 있는 듯 없는 듯 사는 꽃나무처럼 우리도 그렇게 살다 가겠지. 그 평범함이 얼마나 큰 행복인 줄안다. 활짝 피어난 꽃처럼 매일이 생의 절정이라 여기며 살고 싶다. 그러기 위해 나는 늘 영성에 대해 생각해왔다. 언젠가 나랑 커피 마시던 후배가 조용히 다음 말을 되뇌었다.

"내 인생은 어떻게 될까?

"어떻게 되긴 골아픈 인생이 되는 거지."

"뭬야?"

후배가 인생 염려를 하기에 내 식의 유머를 날려본 것이다. 그렇다. 누구나 골 아픈 인생을 산다. 그러기에 나는 당신에게 영적세계에 관심을 가지라고 말하고 싶다. 영적인 삶을 일구면 새로운 귀와 눈을 갖게 되고 사랑의 신비를 체험한다. 아무리 근육질 짐승남이면 뭐하나. 에스 라인의 팜므파탈이면 뭐하나. 영혼을 생각지 않으면 모두 허수아비 인 걸. 후배가 의심하는 눈초리로 관심을 보이며 묻는다.

"언니는 영혼이 보이니?"

"나를 다 내려놓으면 영혼이 잘 보여."

영혼이 없이 육체는 없다. 영혼이란 내가 이 땅에 나기도 전에도 있었고 내가 사라져도 있을 것이다. 나는 영혼을 믿는다. 죽음 또한 끝이 아니다. 나는 죽음 이후와 현재 내 영혼의 삶에 대해 생각하며 살고 있다. 이것만이 병들고 일그러진 인생의 모든 것을 바꿔간다. 누구든 자신이 부족한 존재임을 인정하고 겸허히 자신을 옷처럼 접어두면 자신의 영혼이 느껴진다.

영적 성장은 자기 마음 가장 깊은 곳을 알아가는 여행이다. 그 깊은 마음속을 사는 영혼은 성장한다. 현대인들은 성장을 대체로 이목을 끌거나 유명해지거나, 경제적 성공으로 판단한다. 칭찬 받고 인정받는 차원을 넘어 한탕주의와 성형수술에 몰두하고, 비싼 차, 베스트셀러, 유명인에 연연한다. 깨어 살지 않는 한 주목받고 싶은 열망은 끝이 없다.

그런데 한 가지 흥미로운 건 이런 양상이 자아성취라든가 참다운 인간상과 긴밀하게 이어진 것처럼 보인다는 것이다. 그러나 이런 열망은 껍질이다. 이 껍질은 언젠가 벗겨지고 무너진다는 각오를 해야만 된다. 껍질은 결코 만족을 모르기 때문이다. 한때 잘 나간 사람들은 앞으로 잘 나갈 사람에게 밀려가고 물러갈 준비를 해두어야 한다. 언젠가 건강검진을 받을 때 여의사가 이런 이야기를 하더라.

"노화나 폐경기를 못 받아들이는 여성들이 있어요."

나는 건강해서 아직 그 말이 깊게 와닿지 않지만, 서서히 마음 준비를 할 것이다. 어느 후배는 책상 앞에 '모든 것은 무너진다'라는 책 제목을 걸어놓기도 했다.

영성, 즉 영혼의 성장이란 수많은 상처와 상실을 통해 내면의 성숙과 순리, 우주의 원리, 신의 섭리를 깨닫는 것이다. 화를 누그러뜨리고 용서하고 조화롭게 풀어가는 것이며, 불안을 떨치고 안정감과 자신감을 얻는 일이며, 악한 마음을 버리고 선량함과 사랑을 품어가는 과정이다. 우리도 가슴을 깨어 주의를 기울여야만 자기성장이 이루어지리라.

영혼의 성장은 그냥 이루어지지 않는다. 독서, 침묵, 깨어 살피는 탐구정신으로 이루어진다. 이는 모두 영혼을 살찌우는 일들이다. 영적인 삶을 일구면 새로운 귀와 눈을 갖게 되고 사랑의 신비를 체험한다.

우리는 신적인 것을 무시하고 인정하지 않아 삶의 숭엄한 가치들도 잃어버렸다. 상상력과 감성이 얄팍해지고, 상실감과 공허감을 안고 살아간다. 죽으면 끝이라는 생각도 현실을 삭막하게 만드는 이유다. 그래서 인생무상이라고 하며 타인에게 배려하지 않고 먹고, 마시고 놀고, 본능을 만족하기 위해 돈과 성욕에 집착한다.

대다수 사람들이 추구하는 행복과 불행은 철저히 물질적 시선으로 시작된다. 대개가 그렇게 현세의 삶만을 살아가기에 불안하고 헛헛할 때가 많다. 베르너 폰 브라운의 말이다.

"과학은 사후에도 영적 존재가 계속 존재한다는 사실을 나에게 가르쳐주었고, 지금도 깨닫게 해주고 있으며, 그러한 내 믿음을 더욱 공고하게 해주었다. 흔적을 남기지 않고 사라지는 것은 없다"

사후세계에 대한 질문과 답은 끝없이 이어져왔다. 수세기에 걸쳐 아직도 논쟁 중인 이슈지만 한 가지, 내 얕은 체험을 통해 깨달은 결론은 인간이 신을 부인하고 멀리할수록 결코 좋을 일이 없다는 점이다.

신을 '제대로' 믿는 이들의 생활은 뭔가 다르다. 존재 뿌리가 깊어 쉽게 흔들리지 않는다. 모든 종교의 핵심이란 결국 착하게 정직하게 사랑하며 살라는 것 아닌가.

영적인 삶을 인정하고 고뇌해야 인생이 깊어지고 진정한 충만함을 느낄 것이다. 성경과 영성책들을 보면서 살아서 받은 축복과 가진 것들을 세상에 돌려줘야 함을 배운다. 기독교만이 아니라 불교도 마찬가지리. 그저 받지 말고 주고 나눠야 함을 깨닫는다. 이 세계는 자신에게 의미 있는 것이 무언지 깨닫지 못하게 방해하는 것들이 너무 많다.

하지만 다행이다. 영적인 성장, 마음의 성장은 부족하거나 두려움을 느낄 때, 마음이 불편할 때 일어난다. 그러니 그 두려움과 불편함은 성장에 유익한 약이다.

인생에서 친밀한 관계가 필요한 만큼 고독한 시간이 필요하다. 가뜩이나 외로운 인생인데, 일부러 고독한 시간을 가지라 하다니. 하지만 우리에게는 고독의 고요함이 반드시 필요하다. 혼자 있는 시간들을 사랑해야 한다. 고요한 시간에 영혼의 능력이 자라기 때문이다. 우리는 고독한 시간에 영혼에 숨은 신성한 기운과 의미를 헤아려야 한다.

돈 버는 능력보다 자신의 영혼을 살피고 아름다움을 보고 느끼는 능력을 키우는 것이 얼마나 중요한지 갈수록 더 절감한다. 삶에서 아름다움과 기쁨을 누리고, 일상 켜켜이 스민 귀여움과 사랑스러움을 발견하지 못하면 삶은 너무나 초라하다. 어디서든 아름다움을 발견하는 능력을 키우고 내가 어떤 태도로 인생을 보느냐에 따라 귀한 것을 얻는다. 이런 사소하고 작은 삶의 지향과 태도, 이것이 바로 영적인 삶이다.

만나라,
사랑할 시간이 없다

초판 1쇄 발행 2010년 8월 30일   초판 9쇄 발행 2017년 3월 30일

지은이 신현림 펴낸이 연준혁

출판 1본부_이사 김은주
출판 7분사_분사장 최유연

펴낸곳 (주)위즈덤하우스 출판등록 2000년 5월 23일 제13-1071호
주소 경기도 고양시 일산동구 정발산로 43-20 센트럴프라자 6층
전화 031)936-4000 팩스 031)903-3891
전자우편 wisdom7@wisdomhouse.co.kr 홈페이지 www.wisdomhouse.co.kr
출력 엔터 종이 월드페이퍼 인쇄제본 현문

값 11,500원   ISBN 978-89-5913-461-8 03810

국립중앙도서관 출판시도서목록(CIP)

만나라, 사랑할 시간이 없다 : 신현림 산문집 / 지은이: 신현림. --서울
 : 예담출판사, 2010
 p. ; cm

표제관련정보: 외롭고 서툰 이들을 위한 치유 성장 에세이
ISBN 978-89-5913-461-8 03810 : ₩11500

844.7-KDC5
895.745-DDC21   CIP2010003025